FLAMENQUERÍAS

Juguete cómico en tres actos,
Con incrustaciones de 'cante jondo'
original de

Manuel Llaneza Iglesias

fronda
ediciones teatrales

© Fronda ediciones teatrales
e-mail: palominomanuel@uniovi.es

Texto: Manuel Llaneza Iglesias
Todos los derechos de representación escénica
© herederos de Manuel Llaneza Iglesias, *2020*

ISBN: 978-0-244-27058-2

Dramaturgia Asturiana. Textos rescatados; 32

Colección coordinada y transcripción por:
Manuel Palomino Arjona

Asturias en el flamenco

Miguel Rodríguez Coto, médico y miembro de la peña ovetense Enrique Morente, en su conferencia sobre *Asturias en el flamenco: el posible origen asturiano de la farruca y el garrotín* dice que Martínez Torner detectó que 56 temas, de un total de 500 del cancionero asturiano, que los asturianos consideran ya como propios, no encajan más que en el sistema tonal andaluz.

Asturias está presente en Andalucía a través de la farruca y el garrotín, ya que el término **farruca** viene de farruco, que era como se denominaban los andaluces al gallego o asturiano recién salido de su tierra, mientras que el **garrotín**, que es oriundo de Asturias o León, está justificado por la presencia de asturianos en el puerto de Cádiz, cuando éstos emigraron a América durante el Trienio Liberal, y luego fue llevado a Cataluña, donde se asimiló. El garrotín es una creación gitana, incorporada en la *Corte del Faraón*, que fue aflamencada por Pastora Pavón a principios del siglo XX. Respecto al **martinete**, su origen es diverso y de varias procedencias, entre ellas la asturiana, y tiene relación con el nomadismo gitano, existiendo algún martinete que puede ser cantado sin que parezca extraño a los vecinos de Mieres o de Covadonga, lo que confirma su familiaridad con estos sonidos.

El flamenco llega a **Oviedo** a través de los cafés cantantes y tablaos en 1884, con actuaciones de Antonio Pozo 'El Mochuelo', Pastora Imperio y la 'Argentinita'. Ramón Pérez de Ayala fue aficionado al flamenco y solicitó ayuda y apoyo para el Concurso de Cante Jondo (Granada, 1922) promovido por Manuel de Falla y Federico García Lorca. El primer artista aficionado al flamenco de Oviedo se llamaba Alejandro Rivero 'Caracoles y Carina', que era conserje del Colegio de Abogados de Oviedo, y amenizaba fiestas y tertulias de la aristocracia ovetense cantando, tocando y hasta bailando.

Antonio Mairena, Carmen Linares, Camarón y Alonso el del Cepillo, además de Macandé, Francisco Gabriel Díaz Fernández, Antonio Pozo Mochuelo, Chano Lobato y Carmen de la Jara, se refieren a Asturias en algunas de sus coplas. José González 'El Presi', que hizo su aparición como cantante flamenco en 1929, se atrevió a hacer una vaqueirada por bulerías y cantó por tarantos. Y Orestes Menéndez, interpretó guajiras, milongas y hasta seguirillas.

José Ruiz, de la Academia de Bellas Artes de san Telmo (Málaga), habla de que las tropas del general Ballesteros en la Guerra de la Independencia, con sus 8.000 soldados asturianos que operaron en la serranía de Ronda, participaron en el nacimiento del cante jondo, aunque para muchos estos es un disparate.

José González Cristóbal, *El Presi* (Gijón, 1908-1983), cuyo apodo viene de un equipo de fútbol del Barrio de El Carmen, en el que ejercía de presidente, era hijo de militar, lo que hizo que viviera parte de su infancia en distintos puntos, correspondiendo sus últimas estancias a África y Granada, donde vivió el flamenco de primera mano.

De regreso a Gijón, acude a colegios y academias, forma parte de coros, ingresando en la Coral de Jovellanos en 1928, y en la comparsa Los Farapepes en 1930, donde interpreta canciones asturianas y 'música moderna', que incluía rancheras, tangos, boleros y otras melodías importadas de Hispanoamérica, pero él no deja de prodigar el flamenco en tertulias y círculos de recreo. Tras esta aventura inicial abolerada y tanguista, se arrima al flamenco, indagando en el arte jondo, ofreciendo espectáculos flamencos por Asturias, lo cual ayudó a consolidar la afición en el norte de España.

En 1929 decide ya presentarse como cantaor de flamenco. Le acompañan a la guitarra otros gijoneses. A partir de allí, en todas las representaciones públicas que hicieron compañías de teatro asturiano y otras agrupaciones corales de Gijón, no dejo de incluirse la actuación flamenca del cantaor nacido en la barriada del Carmen.

En 1934 entra a formar parte de la Compañía Asturiana de Comedias, ligando este arte escénico de por vida al cantante, como componente del grupo 'Los Pamperos', con los que cantó tangos, flamenco, tonada, música hispanoamericana; el trío 'Caxigalines', con los que cantó tonada asturiana; y también como cantante flamenco en solitario, acompañado a la guitarra por Fermín Sánchez 'Chelín', colaborando con las mejores compañías en el 'fin de fiesta' de cada representación, que constituía muchas veces el núcleo fundamental del espectáculo. Después de algunas giras por la región asturiana, sale con compañías de teatro asturiano a Santander, Bilbao, San Sebastián, León, Palencia, Zaragoza y Madrid, y cierra los espectáculos de aquellas con cante flamenco. El teatro fue quizá la gran escuela para su posterior dominio de la escena.

En 1935 se hace amigo de 'Angelillo', aprovechando que viene a Gijón, y el 22 de enero canta con él en el Teatro Dindurra, recibiendo de mano de áquel la documentación que le acredita como profesional del cante flamenco. Las actuaciones de José González, instituido ya como profesional del flamenco, dieron en prolongarse hasta casi los finales de la década de 1940. La amplitud interpretativa de este asturiano en cuanto a palos flamencos ha de centrarse en lo que va del fandango a las soleares.

Así fue el desarrollo de su primera etapa artística: la flamenca. Después, alentado por un compositor regional, adoptó la decisión de encauzar sus inquietudes artísticas por el desarrollo de los cantos de su tierra, y aquí se consagró como intérprete singularísimo en la faceta cantaora astur.

El Presi, con sus gafas oscuras, fue una figura inconfundible, familiar, que transmitía asturianía, llenó toda una época en la música popular asturiana y creó un nuevo estilo muy peculiar.

El Presi pagó el impuesto de todos los artistas innovadores, y lo intentaron zarandear por su innovación en la música asturiana y su visión futura de la tonada. Quizá por ese cierto aire 'flamencólico', los puristas no entendían que se alejara de los modelos clásicos, y su obra ha sido la gran referencia del género en todos los tiempos. Nadie como El Presi traspasó fronteras. Por otra parte, su influencia ha sido similar a la de otros grandes genios de la canción asturiana en su vertiente tradicional. Ha creado toda una escuela que han seguido intérpretes como Niti Colsa, Almas Unidas, Vicente Díaz, Manolo Santarrúa, Rosa María Lobo, Anabel Santiago, Héctor Braga, Mari Luz Cristóbal, Rodrigo Cuevas, Juan Antonio López Brañas etc...

El actor y director **Ricardo Espinosa**, uno de los positivos valores de la escena cómica, formó una compañía cómica con **Julia Osete**, como primera actriz. En su repertorio, que presentan en giras por Salamanca, Zamora, Gijón, San Sebastián, Vitoria, Pamplona y Zaragoza, llevan obras como *La niña*, de Pérez Fernández y Antonio Quintero, *Un marido de ida y vuelta*, de Jardiel Poncela, o *Gas-Pachi*, de Muñoz Seca.

FLAMENQUERÍAS

Juguete cómico en tres actos,
Con incrustaciones de 'cante jondo'
original de

Manuel Llaneza Iglesias

Estrenada en el Teatro Robledo por la
Compañía cómica Julia Osete-Ricardo Espinosa
el 16 de julio de 1938

Censurada en Gijón, el 13 de diciembre de 1939,
Año de la Victoria por el Jefe Local de Propaganda

Gijón, enero de 1937

PERSONAJES

Facundo, 55 años.
(José Manuel Rodríguez)
Casilda, 50 años.
(Rosario Trabanco)
Maruja, 20 años.
(Nieves Sánchez)
Tomás, 19 años.
(Pañeda)
Curro, 49 años.
(Andrés Escudero)
Luis, 24 años.
(Corujo)
Joselito, 26 años.
(Presi)
Fermín, 38 años.
(Laverdure)

ACTO PRIMERO

Estamos en el comedor de la casa que habita con su familia Facundo Palomero, antiguo industrial retirado de los negocios, gracias a su laboriosidad y competencia en el ramo ultramarinero.

Es una habitación en la que no vemos nada de extraordinario. El aparador como siempre, la mesa como siempre, las sillas como siempre (con cuatro patas cada una) y lo demás… como siempre. ¡Ah, se nos olvidaba! En un rincón, y sobre una mesa pequeña, un aparato de radio que funciona en momento oportuno.

En las paredes, algunos cuadros (bodegones) y sobre el aparador algunas chucherías, o cacharros de los que se ven sobre tales muebles, además de los consabidos pañitos confeccionados por manos cuidadosas. Sin tener grandes pretensiones, puede observarse que en aquella casa hay mucha limpieza. Cubriendo la mesa hay un tapete y sobre este, un cenicero. En el techo una lámpara de comedor bastante corrientilla.

Foro centro; balcón con visillos y vidrieras por las que se ven los tejados de las casas vecinas. Puertas, laterales a derecha e izquierda. La de la izquierda (actor) es la del pasillo. La de la derecha, da paso a las habitaciones interiores.

Al comenzar este acto son las ocho de la noche de un hermoso día abrileño.

Escena Primera
Facundo

Al levantarse el telón, vemos en escena al dueño de la casa, o sea a Facundo Palomero, que, sentado ante el aparato de radio, se deleita con sus dulces sones. Este Facundo Palomero es un hombre magro, de unos cuarenta a cincuenta años. Aunque ya casi no se estila, lleva su buen bigote que acaricia de vez en cuando con mano amorosa.

No es ninguna lumbrera. Al contrario. El pobre Facundo, en sacándole de sus negocios, no sabe nada de nada. Aunque, como decimos, es bastante bruto, no por eso es un hombre descuidado. Lleva su buena ropa, su flamante corbata, su reloj, su cadena y sus botas de tafilete, todo bien limpio y bien cepillado, gracias a la solicitud de su esposa Casilda Mejillón a quien conoceremos más tarde.

Como decimos, el amigo Facundo, está sentado ante el aparato de radio y escucha con cara de pocos amigos un fox americano.

Facundo: *(Después de terminar el fox)* ¡No entiendo jota! ¿Pero qué música ye esta? *(Se acerca al aparato y dice)* Oye tú, radiólogo. Pon algo guapo, anda. Déjate del gori gori. ¡Pon flamenco! *(En el aparato se oye la voz del speaker que dice)*
Speaker: Señores radioyentes, han oído ustedes *Wan der Brux*, fox.
Facundo: *(Con desprecio)* ¡Bah, bah!
Speaker: ¿Quiere usted oír buena música?

16

Facundo: Sí.

Speaker: Compre usted un aparato de radio C.B.D.C. Sólo vale tres mil pesetas.

Facundo: *(Con chunga)* ¡Baratu, muy baratu!

Speaker: ¿Tiene usted callos?

Facundo: Yo no. El chigreru de la esquina.

Speaker: Con la pasta *Callól* se quitan enseguida.

Facundo: *(Impaciente)* Bueno ¿qué más?

Speaker: *El pie elegante* zapatería. Los mejores zapatos en el pie.

Facundo: Y los mejores sombreros, en la cabeza. ¡Pero, pon flamenco, chacho, pon flamenco!

Speaker: Oirán ahora una fantasía de *Rigoleto.*

Facundo: *(Apagando el aparato)* ¡Anda, vete a grillos! ¡Pelmazo! ¿¡El *Reguiletu*!? ¡Lata! ¿Pero pa cuando dejen el flamenco? ¿Y pa eso me gasté yo tantes perres? ¿Pa oír el *Reguiletu* y pa qué me pregunten que si tengo callos? *(Alzando la voz)* ¡Casilda, Casilda!

Casilda: *(Dentro)* ¿Qué hay?

Facundo: Ven pa acá. (Ahora verás tu donde va a ir el *Reguiletu.*)

Escena Segunda
Facundo y Casilda

Por el lateral derecha, sale Casilda, digna consorte de Facundo, pero el reverso de la medalla. Facundo es violento (aparentemente) pero luego es una malva. En

cambio Casilda, es una malva por fuera, pero cuando
saca el genio, ¡pum, dinamita!
    Tiene sus cincuenta añitos muy bien llevados y es
una mujer que reluce de limpia.

Casilda: ¿Qué pasa?

Facundo: *(De mal talante)* Oye; desde mañana no quiero más esti cosu aquí. Ye una lata. No se oye más que el *Reguiletu* y recetes de médicu.

Casilda: *(Sin perder la calma)* ¡Qué estás diciendo! ¿Ahí?

Facundo: ¿No lo oyes ? Que vas a devolver el aparato, y que te den les perres…

Casilda: *(En guasa)* ¡Jajai! ¡Y un jamón!

Facundo: No, el jamón déjalu pa casa. Devuelve el aparato, ná más.

Casilda: ¿Devolver la radio ? Mira, Facundo; cúrate, que estás malu.

Facundo: Estoy malu de oír trombonaes. ¿Pero qué ye eso? ¿Qué música ye esa que dan ahora? ¿Y no me dijiste, cuando lu compraste, que podíamos oír de tó?

Casilda: Sí.

Facundo: Pues no lo oigo.

Casilda: ¿Cómo lo vas a oír, si está apagada?

Facundo: Tú ya me entiendes.

Casilda: De sobra. Tu quies la radio pa oír lo que a ti solu te gusta. ¿No ye así?

Facundo: Claro, ¿no la pagué yo? Cuando teníamos el gramófono, ¿no oíamos lo que nos daba la gana? Pues entós, ¿qué ye esto? ¿Pa qué quiero

18

oír lo que no me importa? ¿Sabes lo que están poniendo ahora?

Casilda: ¿Qué?

Facundo: ¡El *Reguiletu*! ¿Qué sé yo lo que ye el *Reguiletu*?

Casilda: ¡Qué cosa tan rara! ¡Nunca la oí! Espera, a ver... *(Enciende la radio, y poco después se oye la romanza de "Rigoleto": "La donna e movile")* Pero Facundo ¿cómo yes tan animal?

Facundo: ¡Eh, eh, tú; poco a poco!

Casilda: ¡El *Reguiletu*! ¡*Rigoleto*, Facundo; *Rigoleto*!

Facundo: Y eso, ¿qué ye?

Casilda: Una ópera de Verdi.

Facundo: Pues pa mí, como si ye de Pamporós.

Casilda: Claro, como a ti, en sacandote del flamenco, tó te paez feo.

Facundo: En cambio, a ti gustente les lates eses de sinfonía, melodía y latonía.

Casilda: *(Despreciativa)* El flamenco, ¡qué cosa más ordinaria!

Facundo: ¡Pero ven acá, Casilda, que tienes menos inteligencia que una burra neurasténica!

Casilda: ¡Oye tú; mira lo qué dices!

Facundo: Bueno; perdona lo de neurasténica. Déjalo en burra, ná mas. Ven acá te digo. ¿Dónde se va a comparar, una lata de eses, a un fandanguillo o a una colombiana bien cantada? Un fandanguillo, como ésti:

(Cantando y haciéndolo muy mal)

19

Y no puedo aborrecerte,
te he querío aborrecer,
y no puedo aborrecerte.
Mi muerte tú vas a ver,
y te querré hasta la muerte.
Mira como sé querer.

(Jaleándose) ¡Olé, viva mi cuerpo!

Casilda: Anda, anda. Calla. ¡Ordinariu!

Facundo: ¡Adiós, marquesa del pan pringao! ¿Pero quién yes tú, pa presumir de educación, si yes más ordinaria que comer con los deos?

Casilda: ¿Ordinaria yo? *(Furiosa)* ¡Mira, Facundo!...

Facundo: ¡Si ye verdá, si ye verdá!... ¡Tanta cultura, tanta cultura, y no sabes ni una mala colombiana!

Casilda: Pues, aunque te moleste, has de saber que tengo más educación que tú; más cultura que tú... y que entiendo de música más que tú. *(Dándose importancia)* ¡Por algo fui socia de la Filarmónica!

Facundo: ¿Sí? Y buenos pigazos echabes en los conciertos, que me lo dijo Maruja.

Casilda: ¿Yo? ¿Dormir yo?

Facundo: No. Dormir, no. Roncar. Creo que, una vez, en un concierto que estaben tocando no sé qué de la selva, o de la salve, tu estabes dormida del tó, y, como uno de los músicos pegó un platillazu en un platillu, tu despertaste diciendo: "Destapa esi pucheru, neña, que ya fierve."

Casilda: ¡Eso ye una calumia! Has de saber que me muero por la música.

Facundo: ¿Qué te mueres? Que te mueres... de sueñu.

Casilda: ¡La música! ¡Qué guapa ye la música! Esos valses... *(Tararea)* larán, larán, larán... ¡Esos coros! *(Canta)* ¡Oh, oh, oh!... ¡Eses romances!... *(Canta)* ¡Ay, ay, ay!

Facundo: *(Imitando el tren)* ¡Pííí... Veriña, cinco minutos!

Casilda: ¡Mira, Facundo, no empieces, no empieces!... Que ya sabes que, si tú tienes algo de educación, debésmelo a mí; y si, algunes veces, puedes entrar en sitios decentes, sin tirar coses, también me lo debes a mí.

Facundo: Y tú a mí, ¿qué me debes?

Casilda: ¿Yo? ¿Qué te debo yo a ti?

Facundo: Todo. Yo seré un burru, un animal, un zoquete, pa eso de la música. Ya ves que lo reconozco; pero tú tienes tó lo que tienes, gracies a mí. ¡Ná más! Si yo no me hubiera pasao cerca de treinta años despachando fabes, patates, arroz, cecina, harina, jabón de cocina, manteca fina, pimentón, jamón, salchichón y almidón, y quitando, de cada kilo, veinte gramos, no tendríes ahora esta casa, que ye nuestra, estos muebles, que son nuestros, y esti aparato de radio, que, como ye míu, y lu pagué yo, voy a dai una patá, que va a ir a tucar el *Reguiletu* a Pernambuco.

Casilda: ¿Acabaste? Pues ahora escúchame tu a mí. Con tó lo que ganaste, con tou el dineru que tienes… que no ye mucho, pero que ya te encargues tú de refalfialo, pa que parezca más… con tó eso que dices, no hubieses hecho ná, si no me tienes a mí al tu lao.

Facundo: ¿A ti?…

Casilda: ¡Así como ruxe! Pues, ¡buenu yes tú, pa arreglate solu! ¡Pero si, cuando me casé contigo, no se te podía mirar despacio, porque dabes vértigo! Tú no te acuerdes, ¿cómo ibes de ropa interior? No te acuerdes, ¿cómo teníes la trastienda?

Facundo: ¿Qué trastienda?

Casilda: La trastienda de la tienda. Cada cosa, por su lao: los calzones, encima de una lata de aceite… Que así andabes tú de pringau… Les botes, en una lata de aceitunes… Que así saliste tú de güesu… Y la corbata, envolviendo una pesa de a quilo.

Facundo: Así me pasó una vez que, al haceme el nudu, peguéme con cincuenta gramos aquí en la barba.

Casilda: ¿Ves? ¿Ves cómo tengo yo razón? Pues entonces, ¿pa qué hables? Yo soy una mujer muy ordenada, muy de su casa, y quiero que los míos sean lo mismo. Educación y limpieza, que eso ye lo principal, pa vivir como se debe. Si yo no llego a meter mano en la tienda…

Facundo: *(Interrumpiendo)* Y en el cajón de la tienda…

Casilda: ¿Eh?

Facundo: Y en el cajón de la tienda, repito.

Casilda: Sí, y en el cajón de la tienda… ¿Y qué? ¿No se pagaben les letres?

Facundo: Sí, pagábase tó. Eso ye verdá. Pero tambien ye verdá que, cada vez que tu metíes mano al cajón, hacíes una operación aritmética.

Casilda: ¿Yo, una operación?

Facundo: Sí, una resta. "Pago cinco, y llevo tres; saco siete, y pa mí dos."

Casilda: Sí, llevo dos, pero pa casa. Pa guardar poco a poco, y pa que, de esa manera, puedas tener hoy día lo que tienes: Vivir como vives, y comer como comes. ¿Cómo comes?

Facundo: ¿Cómo como? ¡Pues cómo como, como!

Casilda: ¿Cómo?

Facundo: ¿Cómo? ¡Cómo como! ¡Mira, no me hagas líos, que no sé lo que digo!

Casilda: Ye que no me entiendes. Quiero decir, que si comes bien…

Facundo: ¡Ah, eso sí! ¡Superior! Tó bien puesto, bien enderezao…

Casilda: ¡Aderezao!

Facundo: Bueno, aderezao; bien en su punto, y hasta algunes coses, ponésmeles con especies. Su clavu, su pimientu, su nuez mascada…

Casilda: Moscada.

Facundo: Yo siempre dije mascada, y no me lo discutas, porque yo fui…

Casilda: Cocineru, antes que fraile.

Facundo: No, señora. Tenderu, antes que radioescucha. *(En un reloj, dan las diez)*

Casilda: ¿Les diez, ya? ¡Y esos rapazos, sin venir!

Facundo: Andarán por la calle Corrida.

Casilda: ¡Dichosa calle Corrida! No sé cómo no se mareen, con tanta vuelta.

Facundo: Déjalo; que eso ye deportivo. Además, en la calle Corrida, refresquen.

Casilda: ¿Conque refresquen, eh? De eso ya hablaremos, también.

Facundo: ¿De qué?

Casilda: De eso; del refresco de Maruja. *(Indignada)* ¿Otru flamencu?

Facundo: ¿Otru flamencu? ¿No te entiendo?

Casilda: ¿No me entiendes, o no quies entendéme? ¿No sabes que esi rapaz, que anda detrás de la tu fía, ye hermanu de esi que llamen Joselito, o Joselete, o el demonio, y que canta flamenco en el teatro?

Facundo: ¡Olé!

Casilda: ¿Olé? ¡Hule! Hule va a haber, como sigamos así.

Facundo: No será tanto.

Casilda: ¿No? El día que la atrape yo, hablando con esi desgraciau, voy a dai una patá, que va a salir cantando colombianes, sin guitarra.

Facundo: Oye, avísame; pa oílu. Aunque será mejor que cante buleríes. ¡Buleríes, al golpe!

Casilda: ¿Al golpe? ¡Al trastazu! Y escúchame bien esto, Facundo… No estoy dispuesta a consen-

24

tir eses relaciones de Maruja con un hombre que no tien donde apoyáse.

Facundo: En la guitarra.

Casilda: ¿Sí?... Pues que tenga cuidao, no vaya yo a rompéila en la cabeza con cuerdes y tó. *(Transición)* Y ná más. Voy, un poco, a casa de la vecina, mientres vienen los rapazos. *(Haciendo mutis)* ¡Ah, y si quies oír flamenco, vas a Flandes, pero aquí... aquí oyes el *Reguiletu*, y gracies. *(Mutis)*

Facundo: *(Viéndola marchar, y llegando hasta la puerta)* De nada. Toma algo. ¡Hasta luego, Filarmónica, 'finolis', 'espiritolis'! ¡Maldita sea! ¿Pa qué tendré yo esti carácter tan blandu? Esto no ye carácter, esto ye un bartolo. Sí; porque, si yo tuviera otru carácter, no me dejaría dominar por esta nube que tengo por muyer. ¿Quién manda en esta casa? ¡Ella! ¿Quién maneja el cotarro? ¡Ella! Pero, ¿de quién son les perres? ¡Míes! Y siendo míes les perres, que ye lo principal... Porque sin dineru no se vive... ¿Por qué me dejo dominar de esa manera? ¡Porqué soy idiota! ¿Y por qué soy idiota? Porque... ¿Por qué me hago yo tóes estes preguntes, si, a última hora, no voy a adelantar nada? Ella ye la que domina, y, como en esta casa ella ye la que tien el dominó, yo cierro a blanques.

Escena Tercera
Facundo, Maruja y Tomás

(Se oyen dentro las voces que lanzan Maruja y Tomás discutiendo acaloradamente)

Maruja: *(Dentro)* Bueno, déjame en paz.
Tomás: Si ye veldá, si ye veldá.
Facundo: ¡Vaya, ya están ahí el perru y el gatu! Como siempre.
Maruja: *(Dentro)* Pero, ¿el qué ye verdá?
Tomás: Eso que te estoy diciendo.
Maruja: *(Más fuerte)* ¿Pero qué te dijeron, idiota? *(Salen por la puerta de la izquierda, Maruja y Tomás. Ella es una preciosa muchacha de veinte años. Presumidilla ella, y algo tontilla, es el tipo de la clásica modista gijonesa. Bien vestida, y bien calzada. Sin lujos exagerados. Tomás, su hermano, es el prototipo del atrasado mental. Tiene cara de tonto, sin llegar a lo grotesco… Eh, señor actor. Esta advertencia la hacemos, porque el personaje de Tomás es cómico, pero no es ningún clown. ¿Entendidos? Como es un chico joven, pues no tiene más que diecinueve años, viste como todos los muchachos de la época actual, pero tampoco sin exageraciones. Lo único que caracteriza su tipo es lo siguiente: Habla de una manera especial, con un defecto de pronunciación que transforma las 'erres' en 'eles', o sea que en lugar de decir "perro, carro, rueda" etc. pronucia "pelo, calo, lueda". Además, es tardo, de movimiento pesado y torpe. En una palabra, es un atrasado mental, y con decir esto basta. No es imbécil ni idiota,*

26

pero se aproxima bastante. Viene discutiendo con su hermana de una cosa que cree tiene razón.)

Tomás: *(Saliendo seguido de Maruja)* No me dijelon nada, no me dijelon nada. Vilo yo.

Maruja: *(Dándole empujones)* ¿Pero qué viste, qué viste?

Tomás: ¡Estate quieta, que me lompes la lopa!

Facundo: Pero, ¿qué pasa, qué pasa?

Maruja: Nada, padre, lo de siempre. Que esti no haz más que ver visiones.

Tomás: No veo visiones, no. Veo la veldá. Ya sabes lo que dijo mi magdle. Que no te quiel vel hablando con ese lapaz.

Facundo: ¿Y a ti quién te manda metéte en les coses de la tu hermana? ¿No estamos aquí nosotros pa eso?

Tomás: Sí, pelo…

Facundo: No hay pelo, ni palo. Tú a lo tuyo, y ná más.

Maruja: ¡Anda, chúpate esa!

Tomás: Pues en cuanto venga mi magdle, dígoilo.

Facundo: Tú no tienes que decir ná, que pa eso estoy yo aquí. Además, ¿qué pasó, que pasó? A ver, ¿qué pasó?

Maruja: Ná, padre, no pasó ná. Que vino acompañándome, desde el paseo, Luis, el hermanu de Joselito.

Facundo: Bueno, ¿y qué?

Maruja: Y ná. Que me vino acompañando, y cuando llegó Tomás al portal, y me vio hablando con él, empezó a decir una porción de majaderíes.

27

Tomás: Yo no digo majadelíes.

Maruja: *(Haciéndole burla)* ¡Majadelíes, majadelíes! Con esa manera de hablar, paez que tien sopes en la boca.

Tomás: ¡Bueno, no empieces a tomales con la mi manela de hablal! ¿Qué culpa tengo yo de hablal así? *(Hace pucheros como Stan Laurel)* ¡Aup, aup!

Facundo: Tien razón el rapaz. ¿Qué culpa tien él? Anda, anda; calla, calla. No llores, no llores… no llores, porque te voy a dar una patá, por mazcayu, que te voy a hacer alpinista.

Tomás: ¡Pelo, padle!

Facundo: ¡Pero, porra! ¿Qué ye eso de llorar a los diecinueve años, so birria? Los hombres no tienen que llorar más que en muy poques ocasiones. Cuando hay alguna pena de verdá, pero llorar por eso que te dijo, ye de idiotas. No hay que llorar, ¿sabes? Hay que reíse, así. *(Riéndose muy mal, y espaciando la risa)* ¡Ja-ja-ja-ja-ja!

Tomás: ¿Y yo que voy a hacel, si soy así?

Facundo: Tener más entereza, y más… y más… y más… Bueno… eso… Y más. Hay que tener carácter con tou el mundo, como hago yo. ¡Con tou el mundo!… con tou el mundo, menos con tu madre.

Maruja: *(Que estará cerca del balcón, mirando a la calle y haciendo señas)* ¡Sí… sí… sí!

Facundo: *(Dándose cuenta de la maniobra)* ¿Eh? ¿Qué haces tú ahí?

Maruja: *(Separándose rápida)* Yo… nada.

Facundo: ¿Cómo que nada? ¿A quién estás haciendo señes? *(Acercándose al balcón, y mirando a la calle)* ¡Ah, vamos! Hay centinelas, ¿eh?

Maruja: *(Confusa)* Ye Luis.

Facundo: *(Haciéndola burla)* ¡Ye Luis, ye Luis! ¿Y a mí qué me dices con eso?

Maruja: ¡Ay, no digo ná!

Tomás: ¿Ve? ¿Ve como ela veldá!

Maruja: ¿Y qué, y qué? ¿Moléstate?

Facundo: A él, no. A mí, sí.

Maruja: ¿A usté?

Facundo: ¡Home, claro! ¿No sabes que los padres no debemos de enterános de ciertes coses, porque no está bien que... que?... Bueno... que no está bien. ¿Entiendes?

Maruja: Yo, no.

Facundo: Ye lo mismo. Tengo que decite que no está bien, porque pa eso soy tu padre. El ser padre trae muches complicaciones. Ya lo sabrás el día que seas padre.

Maruja: *(Asombrada)* ¿Yo? ¿Cómo voy a ser yo padre?

Facundo: Ye verdá. Tú serás madre. *(Señalando a Tomás)* Padre, será esti. Por más que, con esi tipo y esi pocu espíritu, ¿cómo vas a ser padre, si tienes una cara de primo que asusta?

Tomás: *(Incomodado)* ¿Ya empiecen otla vez a metese conmigo? Pues malcho. Voy pal mi cualtu, que estalé mejol enceláu! *(Haciendo mutis)* ¡Pitoglenones! *(Mutis)*

Facundo: ¡Anda, anda; que te vas a constipar! ¿A quién habrá salido esti rapaz? A mí, no. ¡A la madre, a la madre!

Maruja: ¡Ay, qué gana tenía de que nos dejara solos!

Facundo: ¿Qué pasa?

Maruja: Que hoy canta esi en el teatro.

Facundo: ¿Quién?

Maruja: Joselito, el hermanu de Luis.

Facundo: ¿Y a mí que me cuentes?

Maruja: Pero, usté, ¿no se enteró de lo que hay en el Dindurra?

Facundo: ¿Qué hay?

Maruja: ¡Una función de cante flamenco que tira de espaldes!

Facundo: ¡Cá! ¿Qué me dices?

Maruja: Mire, mire el programa. *(Saca un programa del bolsillo y se lo da)* ¡Entérese!

Facundo: Espera, déjame poneme los faros. *(Saca unos lentes, se los pone y lee despacio)* "Teatro Dindurra. Hoy extraordinaria función de ópera"... *(Dejando de leer)* ¡Bah, bah... ópera... pal gatu!

Maruja: Siga leyendo, no sea tan acelerón.

Facundo: *(Leyendo)* "Extraordinaria función de ópera, de ópera flamenca. Los mejores ases del cante jondo." ¡Ah, vamos! Esto ya ye otra cosa! "Niño de la Huerta, Niño de Utrera, Niño de los Caracoles, Niña de la Alfalfa, Niño Sabicas." ¿Esto ye flamenco, o ye el hospiciu?

Maruja: ¡Siga leyendo, caray!

Facundo: "Como fin del programa, se presentará a nuestro público el cantador gijonés Joselito.

Butaca dos pesetas. ¡Éxito, éxito, éxito! Imprenta la Victoria, Gijón." *(Dejando de leer)* ¿Qué tien que ver la imprenta con esto?

Maruja: Donde se hacen los programas, padre.

Facundo: ¡Ah, bueno! *(Pausa)* Pues está bien, está bien esto. ¡Vaya función, y vaya ases del cante! ¡Lástima que no los pueda oír!

Maruja: ¿Vamos?

Facundo: ¿A dónde?

Maruja: ¡Al teatro!

Facundo: ¡Tú, estás peor! ¿Al teatro? Si se entera tu madre, quédase viuda.

Maruja: ¿Por qué?

Facundo: Porque me mata.

Maruja: Pues que no se entere. Ande; vamos, padre.

Facundo: ¡Pero, muchacha! ¿Cómo vamos a ir, estando tu madre en casa, y siendo además la hora que ye? Si fuera por la tarde, menos mal.

Maruja: Mire; si vamos, no nos cuesta ná, porque me regala les entrades Luis.

Facundo: ¡Ah, vamos! ¡Acabáremos! Tu no quies ir por la música; tú vas por la letra.

Maruja: ¡Qué coses tien!

Facundo: ¡Qué coses voy a tener, Marujina! ¿Tú crees que soy bobu? Seguramente pensaste: "A mi padre gustai el flamenco, convénzolu, llévolu conmigo y así, de pasu, pues... ¿eh? Ya me entiendes...

Maruja: Pues no pensé tal cosa.

Facundo: ¡No home, no, que ibes a pensar!

31

Maruja: No lo pensé, no. Fue Luis, que lo discurrió. Como sabe que usté ye tan aficionau al flamenco, díjome: "Oye, mira; tengo dos butaques pa esta noche. ¿Por qué no vas con tu padre?"

Facundo: Todo eso está muy bien, pero ya te digo que no puede ser.

Maruja: Porque usté no quier.

Facundo: Porque no puedo. ¿Cómo salimos de casa sin que se entere tu madre? Además; ¡no me tientes, no me tientes! ¡No puede ser!

Maruja: *(Acercándose a él, zalamera)* ¡Usté ye bobu, padre!

Facundo: ¿Yo? ¿En qué lo notes?

Maruja: ¿Por qué tien esi carácter tan blandu? ¿A quién molesta usté porque tenga afición por el flamenco? ¿Ye algo malo eso? Un hombre como usté, que toda la vida estuvo trabajando, que nunca dio nada qué decir, que no tien ningún viciu, y que lo único que lu entretien ye ir al teatro de vez en cuando, ¿por qué se va a privar de ello? Además, ¿no lo pido yo? ¿No soy yo la benjamina de la casa? Pues, mire; como no me haga esto que pido, no vuelvo a hacei más chalecos de punto pal invierno. *(Acercándose más a él, y echándole un brazo por el cuello)* ¡Ande, padre, vamos! Fíjese. ¡Cante flamenco, padre, cante flamenco!

Facundo: ¡Mira, Maruja, no me tientes, no me tientes!

Maruja: Vamos, ¿eh? ¿Sí? *(Facundo no contesta)* ¡Ay, qué padre más saláu tengo!

Facundo: *(Resistiéndose débilmente)* No puede ser, no puede ser.

Maruja: ¿Que no puede ser? ¡Vaya si puede ser!

Facundo: Pero si no podemos. ¿Cómo vamos a ir sin que se entere tu madre?

Maruja: Verá, ye muy fácil. Dentro de poco, vendrá mi madre de casa de la vecina. Mire, son ahora… *(Mira el reloj de pulsera)* las once menos veinte. Las función empieza a les once menos cuarto y, aunque perdamos un poco, ¿qué más da? Como ya sabe usté que a las once en punto mi madre va pa la cama, nosotros quedamos aquí con el pretextu de oír la radio. Dejamos que se duerma y, cuando comprendamos que está dormida del todo…

Facundo: *(Interrumpiendo)* O sea cuando esté roncando… que eso hazlo bastante bien…

Maruja: Bueno, pues cuando comprendamos que ya tien el sueñu cogidu… salimos despacio, dejamos la puerta llegada y… ¡Pal Dindurra! ¿Eh?

Facundo: Mira, rapaza, no me hagas películes policíaques, que me dan miedu.

Maruja: Usté déjeme a mí. ¿Vamos, eh?

Facundo: Pero si ye que… ¿y Tomás?

Maruja: Esi no siente ni padez.

Facundo: Sí, pero, como la mi cama está al lao de la suya, si se despierta y no me ve, ¿qué pasa?

Maruja: No se despierta; ye una marmota. ¿No se acuerda del día del incendio?

Facundo: ¿Qué incendio?

Maruja: Aquel que tuvimos en la chimenea el añu pasau.

Facundo: ¡Ah, ye verdá! Estaba tan dormidu, que tuvieron que espábilalu los bomberos con la manga. Y luego decía el muy animal: "Soñé que me estaba bañando en Fomento."

Maruja: *(Que estará cerca de la puerta)* Ahí está mi madre. Ya sabe, ¿eh? Quédese aquí oyendo la radio.

Facundo: Bueno pero si nos sal mal, échote a ti la culpa. Si me pregunten de quien fue la culpa, ¿qué digo?

Maruja: *(Riéndose)* ¿La culpa? La culpa fue de aquel maldito tango.

Escena Cuarta
Facundo, Maruja y Casilda

Casilda: Ya estoy aquí. Esa Mercedes, ye de lo más simpático del mundo. Estuvo contándome lo que vio ayer en el teatro, y no sabes lo bien que lo explica. *(Viendo a Maruja)* Vaya, ¿ya llegaste?

Maruja: ¿No me ve?

Casilda: Pues a ver si vas aprendiendo a venir primero, que ya no está el tiempu pa andar hasta tan tarde fuera de casa. Además, la noche hízose pa dormir. Y el día….

Facundo: Pa descansar.

Casilda: ¡Facundo, no me interrumpas! *(Pausa)* ¿Ya vino Tomás?

Facundo: Ya. En el cuartu está.

Casilda: ¿Acostóse?

Facundo: No sé.

Casilda: *(A Maruja)* Y tú, ¿qué haces, que no te quites esa ropa?

Maruja: ¿Pa qué? Voy a acostáme enseguida.

Casilda: Bueno. Voy a ver si se acostó Tomás. *(Mutis)*

Maruja: *(A su padre)* Ya sabe, ¿eh? En cuanto se duerma…

Facundo: Estoy temblando como si fuera a cometer un crimen. *(Dan las once en un reloj)*

Maruja: ¡Les once! Ya habrá empezao.

Facundo: Ya perdimos un neñu de esos que canten hoy.

Casilda: *(Saliendo)* ¡Probín! Está como un troncu.

Facundo: ¿Cómo un troncu? Como un arbolín, y gracies.

Casilda: *(Bostezando)* ¡Aaaah! ¡Qué sueñu tengo! Voy pa la cama. Anda, neña, pa la cama; que mañana hay que levantase temprano.

Maruja: Espere, que no tengo sueñu. Voy a quedame aquí un poco oyendo la radio.

Facundo: Yo… yo voy a quedame también.

Casilda: Bueno, pero cuidao con el flamenco, ¿eh? *(A Maruja)* Tú, ya me entiendes.

Maruja: Yo, no.

Facundo: Descuida, descuida. Hoy no oímos flamenco. Además, si voy a deciíte la verdá, ya me va repugnando un poco oílo por la radio. Tengo gana de oílo en teatro.

35

Casilda: Pues siéntate, porque vas a tardar.

Facundo: Sí, voy a tardar. (¡Voy a tardar muy poco!)

Casilda: Bueno, hasta mañana. ¡Que descanséis!

Facundo: Gracies, igualmente.

Maruja: Hasta mañana, madre.

Casilda: Hasta mañana, fía. *(Haciendo mutis)* Tengo un sueñu que, en cuanto caiga en la cama, voy a quedáme como una piedra. *(Mutis)*

Facundo: Sí, sí; quédate, quédate. (Y que sea una piedra bien grande.)

Escena Quinta
Maruja y Facundo

Maruja: Ande, ponga la radio pa disimular, pero póngala bajo.

Facundo: Voy. *(Enciende el aparato de radio)* ¡A ver si sal otra vez el *Reguiletu*!

Maruja: ¿Qué ye eso?

Facundo: Un funeral. *(Se oye en la radio un fox o un charlestón, pero en tono bajo, y Facundo tararea al compás de la música)* ¡Chin, chin, tarachin, chin, chin!

Maruja: ¡Chist! No arme escándalo.

Facundo: Ye pa disimular. ¡Chin, chin, tarachin, chin!

Maruja: *(Acercándose a la puerta)* Ya está en la cama.

Facundo: ¡Probes colchones! Ya cayó la piedra encima.

Maruja: Dentro de ná, está dormida. Apague esa luz, y deje solo la pequeña. *(Facundo apaga la luz central y deja solo una que habrá sobre una mesita o cualquier mueble)*

Facundo: ¡Cuántu misteriu!

Maruja: Cuanto menos luz, mejor.

Facundo: Mira a ver si está ya en plan regodón.

Maruja: *(Escuchando)* Ya falta poco. No se la siente.

Facundo: Entonces todavía no está. Tien que roncar.

Maruja: *(Sacando nuevamente el programa)* Fíjese, llegamos tarde. Perdimos al Niño de los Caracoles.

Facundo: *(Despreciativo)* Mira, no me da más. Los caracoles no me sienten bien.

Maruja: Oiremos a la Niña de la Alfalfa. *(Deja el programa sobre la mesa sin darse cuenta)*

Facundo: Sí, oiremos a la niña, y traeremos la alfalfa pa tu madre.

Maruja: ¡Chist, chist! Espere… ¡Ya ronca!

Facundo: *(Escuchando también)* Ye verdá, ya ronca. Talmente paez un fuelle. *(Imitándola)* ¡Aafú, aafú, aafú!

Maruja: ¿Vamos?

Facundo: Espera.

Maruja: No espero nada. Vamos.

Facundo: *(Buscando)* ¿Dónde está el mi sombreru?

Maruja: En la percha.

Facundo: Pues, vamos. *(Se dirigen sigilosamente a la puerta, pero, antes de llegar a ella, les detiene una voz que sale de la radio y les dice)*

Speaker: Oiga *(Facundo y Maruja se detienen asustados)* ¡No vaya usted!…

Facundo: *(Asombrado)* ¿Cómo?

Speaker: No vaya usted a coger un resfriado. Compre las camisetas del Doctor Ful.

Facundo: *(Amenazando al aparato)* ¡Maldita sea su estampa! ¡Qué sustu me diste! ¡Creí que era Casilda!

Maruja: Ande, padre, que ye muy tarde. *(Mutis)*

Facundo: Vamos, vamos. *(A su mujer que, como es natural, no se entera de esto)* ¡Hasta luego, Casilda! ¡Voy a lo mío, a oír flamenco! ¡Olé, viva la juerga! *(Haciendo mutis y cantando)*

> Que tú fueras sólo mía
> se lo pedí al firmamento,
> que tú fueras solo mía…

(Queda la escena sola unos momentos. No se oye más que la radio que toca suavemente un vals. En la calle se oyen dos palmadas y una voz que dice: ¡Sereno! De pronto hacia el interior de la casa se escucha la voz de Casilda que dice)

Casilda: *(Dentro)* ¡Maruja, Maruja! *(Una pausa. Como es natural nadie contesta)* ¡Maruja, Maruja! *(Otra pausa)* ¡Facundo, Facundo! ¿No me oyes? *(Otra pausa)* ¡Facundoooo! Pero, ¿dónde estáis? *(Poco después, y por la derecha, aparece Casilda. Trae puesto un camisón de dormir que la llega hasta los pies. Sobre el camisón, una bata o un albornoz, y en la cabeza un pañuelo blanco en forma de gorro. Calza zapatillas si-*

lenciosas) Pero, ¡Facundo! *(Al ver que no hay nadie)* ¡Eh! ¿Dónde están estos dos? *(Llamando más fuerte)* ¡Facundo, Maruja; Maruja; Facundo! ¡Madre! ¿Dónde habrán ido? *(Entra en el lateral izquierda, y sale al poco rato)* ¡Facundo, Maruja! ¿Pero qué ye esto? ¿Cómo no contesten? ¡Ay, qué miedu tengo! ¿Habránlos asesinao? *(Llamando, con una voz que no le sale del cuerpo)* (¡Faa… cundo… Maa… maa… Maaruja! *(En la calle se oyen otra vez dos palmadas y la voz de antes que repite:* ¡Serenooo!*)* ¡Ay, ay; qué sustu llevé! ¡Creí que era a mí! No ye a mí, ye al sereno. ¿Pero dónde estarán? ¿Dónde estarán? ¿Dónde estarán? ¿Dónde estarán? *(En este momento se fija en el programa que Maruja habrá dejado sobre la mesa, y lanza un grito)* ¡Eh! ¿Qué ye esto? *(Leyendo deprisa)* "Teatro Dindurra"… ópera… flamenco… el niño… la niña… el niño… la niña… Joselito… ¡Ay! ¡Ay, canallas! ¡Ya sé dónde estáis! ¿Conque flamenco, eh? ¡Ya vos daré yo flamenco! ¡Ahora mismo voy al Dindurra y sácolos por les orejes! Pero, ¿voy a ir sola? ¡No; que me acompañe Tomás! *(Entra en el lateral izquierda gritando)* ¡Tomás, Tomás! ¡Levántate, Tomás! *(Se oye dentro un ruido horrible, y voces de Casilda que dice)* ¡Vamos, arriba, arriba!

Tomás: *(Dentro, medio dormido)* ¡Hum, hum, hum!

Casilda: *(Dentro)* ¡Vamos; arriba, enseguida; que tienes que venir conmigo!

Tomás: *(Dentro)* Pelo, ¿qué quiel, magdle; qué quiel?

Casilda: *(Dentro)* ¡Qué te levantes!

Tomás: *(Dentro)* ¡Home, déjeme dolmil! *(Se oye un golpe, y un grito de Tomás)* ¡Ay! ¡Estese quieta, magdle, estese quieta! *(Y sale de la habitación, botando como una pelota, el pobre Tomás. Trae puesto un albornoz que le esta corto, y por debajo del cual le asoman los pantalones del pijama. Viene descalzo, y trae en la mano las zapatillas, que se pone conforme habla)*

Casilda: ¡Arsa, pa afuera!

Tomás: *(Saliendo)* Pelo, ¿qué quiel?

Casilda: ¡Que vengas conmigo ahora mismo!

Tomás: ¿Dónde quiel que vaya?

Casilda: ¡Al Teatro Dindurra!

Tomás: *(Queriendo dar media vuelta, cosa que impide Casilda)* ¡Home, déjeme tlanquilu! ¡Usté está lloca de lemate!

Casilda: No estoy lloca. ¡Andando!

Tomás: Pelo, ¿pa qué quiel il al Dindula?

Casilda: ¡A buscar a tu padre y a Maruja! ¡Vamos!

Tomás: Pelo, ¿voy a il así, en albolnóz?

Casilda: Ya tomaremos un auto. ¡Andando!

Tomás: Y yo, que estaba dulmiendo tan tlanquilu…

Casilda: Ya dormirás. *(Dándole empujones, y llevándolo por delante)* ¡Yo te aseguro que esta noche dormimos todos… Dormimos todos, en el cuartón! ¡Andando, andando! *(Y mientras le empuja y hacen mutis, cae rápidamente el)*

TELÓN

ACTO SEGUNDO

La misma decoración del acto anterior. Son las cinco de la tarde del día siguiente en que han ocurrido los acontecimientos del primer acto.

Al levantarse el telón, están en escena Facundo y Casilda. El primero está sentado en una butaca. Tiene las rodillas cubiertas con una manta, y lleva al cuello un pañuelo de seda blanca. Está pálido, demacrado, ojeroso y con todas las señales de hallarse enfermo. Casilda, a su lado, está intentado obligarle a tomar una medicina en una cuchara que tiene en la mano. Sobre la mesa hay un frasquito pequeño.

Escena Primera
Facundo y Casilda

Facundo: *(Quejándose)* ¡Ay, no puedo; no puedo!

Casilda: ¡Vamos, anda! ¡Anda, quexón!

Facundo: Pero, Casilda… ¡si sabe muy mal!

Casilda: ¡Ye una medicina, no ye un postre!

Facundo: Bueno… venga… *(Tomándolo, y haciendo grandes visajes)* ¡Brirrr… qué mal sabe!

Casilda: El estar enfermu, algo cuesta. ¿Cómo tienes les piernes?

Facundo: Cada una en su sitiu.

Casilda: Quiero decir, que si están fríes o calientes.

Facundo: La derecha fría, la izquierda caliente.

Casilda: ¿Tráigote otra manta?

Facundo: No, déjalo. Ya calentarán. *(Pausa)* ¡Si vieses que mal me siento del estómago! Tengo así como debilidá.

Casilda: ¿Quies un ponche?

Facundo: ¿No será mejor una chuletina o una tortillina de jamón?

Casilda: Nada de chuletines ni de tortillines.

Facundo: *(Compungido)* ¿Pero vas a tenéme a dieta?

Casilda: A dieta de leche y huevos. Ya sabes lo que dijeron en la Casa Socorro. Que no te diéramos ná de comer.

Facundo: ¡Qué saben en la Casa Socorro! Allí entenderán mucho de curar pedráes, puñaláes y contusiones más o menos graves, pero de enfermedades interiores, ná. *(Dando un grito, y llevándose la mano a una pierna)* ¡Ay!

Casilda: ¿Que ye?

Facundo: ¡Ay; esta pierna, que se me duerme!

Casilda: Pues despiértala.

Facundo: *(Frotándola)* ¡Debe tener pesadilles, porque no espabila!

Casilda: *(Irónica)* ¡Qué bien empleao te está tó esto! Así aprendes pa ora vez.

Facundo: ¿Ya vuelves con el cantar?

Casilda: Sí, ya vuelvo; ya vuelvo.

Facundo: ¡Pero si tuviste tú la culpa!

Casilda: ¿Yo, so cínicu? ¿Yo?

Facundo: ¡Tú, tú! Dísteme aquel sustu, armaste un escándalo tan grande a la puerta del Teatro, que a mí alteróseme la sangre y dióme aquel ataque

que, por poco, me lleva a dar geranios. Y puede que, a lo mejor, toavía...

Casilda: *(Asustada, ante la idea de quedarse viuda)* ¡Ay, no! Eso no. Afortunadamente, non fue ná. Ya estás mejor.

Facundo: No estoy mejor, no. Siento calambres en les piernes y, algunes veces, así como ahora, cuando estás delante. ...veo visiones.

Casilda: Oye tú, eso de visiones, ¿va por mí?

Facundo: ¡No home, no! Digo, que veo así como visiones, delirios, coses rares.

Casilda: ¡Ah, vamos! Mira; ahora tapate bien y, dentro de un poco, traeréte un ponche. Una yemina y un poco de leche, batido.

Facundo: Oye; échai un poco pan y, pa detrás, trae una copa coñac.

Casilda: No puede ser. Leche y huevos sólo.

Facundo: *(Rabioso)* ¡Está bien, hombre; está bien! ¡Si muero de fame, tú tendrás la culpa! *(Se oye el timbre de la puerta)*

Casilda: ¡Maruja, Maruja!

Maruja: *(Dentro)* ¿Qué quier?

Casilda: Vete a ver quién llama.

Casilda: *(Dentro)* Voy. *(Sale por la derecha)*

Casilda: ¿Quién será a estes hores?

Facundo: Cualquiera... ¿Qué más da?

Casilda: ¿Será alguna visita?

Facundo: O alguna cuenta.

Casilda: No tengo cuenta de que sea ninguna cuenta. *(Sale Maruja)*

Escena Segunda
Dichos y Maruja

Maruja: *(Entrando)* Padre, ye Curro.

Casilda: ¿Quién ye Curro?

Maruja: Un amigu de mi padre.

Facundo: ¡Sí home, sí, Curro! Uno de la tertulia del café. ¿Qué me quier?

Maruja: Que se enteró que estaba usté malu, y vien a velu.

Casilda: ¡Mira qué atentu ye Curro! ¡Que pase, que pase! ¡Ya ves, qué atentu!

Facundo: Sí, muy atentu. Tós los mis amigos son muy atentos. Esti sobre todo. Como ye andaluz.

Casilda: ¿Qué? ¿Andaluz? Entós, ¿ye flamencu también?

Facundo: Yo qué sé, Casilda; yo que sé. ¡No me atormentes, que bastante tengo yo ya con lo mío!

Casilda: ¿Andaluz? ¿Ya veremos a ver por donde sal!

Facundo: Que salga por peteneres.

Escena Tercera
Casilda, Facundo, Curro y Luego Maruja

(Y se presenta en la puerta Curro Molina, descendiente, según él, de Rafael Molina (Lagartijo). Es más chulo que un siete, y más andaluz que los pestiños. Toda su persona indica flamenquería y juerga. Viste traje obscu-

44

ro, pero de corte de corte ceñido, y apretado de cintura. No es hombre joven. Tiene aproximadamente la edad de Facundo, y también gasta bigote, pero muy rizado y levantado de guías. En la mano trae un bastón)

Curro: *(Se queda parado en la puerta y dice)* ¡Hay lisensia!

Facundo: Entra, chacho; entra.

Curro: ¿Pero qué te pasa, permaso? ¿Te quie morí?

Facundo: ¡Ay, Curro; estoy muy malu, muy malu!

Curro: ¡Pero que malo, ni malo, ni ná! *(Viendo a Casilda)* Tu señora, ¿no?

Facundo: Sí. Mi señora, Casilda Mejillón. Aquí, Curro Molina.

Casilda: ¿Molina?

Curro: Sí señora. ¡Molina! Como Rafael Molina (Lagartijo). Mi bisagüelo era primo segundo der gran torero. *(Dándola la mano)* ¿Está usté güena?

Casilda: *(Ídem ídem)* Bien, muches gracies.

Curro: Amigo Facundo, mi enoragüena.

Facundo: Enhorabuena, ¿por qué?

Curro: ¡Por tené una mujé tan salerosa y tan simpática! ¡Olé, así me gusta!

Casilda: Muches gracies.

Curro: Quite usté, comáre. ¿Grasias de qué? ¡La fetén, la pura verdá! ¡Grasia y salero!

Facundo: Menos coba, tú; menos coba.

Curro: Pero, ¿qué ha sio eso, xiquillo? ¿Te quies morí?

Casilda: No fue ná. ¡Un arrechuchón!

Facundo: ¿No fue ná, y trajeronme a casa entre cuatro?

45

Curro: ¡Compáre! ¿Entre cuatro?

Facundo: ¡Claro! La mi mujer, los dos fíos, y el sereno.

Casilda: Lo que pasa que ésti haz muy mal enfermu, pero la cosa no pasó del sustu.

Facundo: ¡Y qué sustu, amigu Curro! ¡Por poco no lo cuento!

Curro: Pero, ¿qué me dise?

Facundo: Lo que oyes, Curro; lo que oyes. Fue un ataque de… un ataque de… *(A Casilda)* ¿Cómo dijo aquel rapaz de la bata blanca?

Casilda: Un ataque de reumatismo articular.

Facundo: Eso. Un ataque de 'neumatismo'. Ya ves, Curro; ya ves. Yo de neumáticu.

Casilda: Re… re… reumáticu.

Facundo: Ye igual, Casilda; ye igual. ¿Reumatismo ye de reuma?

Curro: Claro.

Facundo: Alora me lo explico todo. ¿Cómo no voy a estar reumáticu, si estuve veinte años al lao de sardines arenques?

Curro: Pos a mí me avisó de tu enfermedá Severino, er sapatero, que, por lo visto, se enteró por un hermano de su mujé, que tie un primo sereno, y te vio salí der teatro. ¡Carcúlate tú! ¡Me fartó tiempo pa vení!

Facundo: Gracies, Curro; gracies. *(A Casilda)* Oye tú; trae una copina y unos bizcochos pa Curro.

Curro: No, home. No molestarse.

Casilda: *(Haciendo mutis)* No ye molestia ninguna. Voy por ello.

Facundo: Oye, trae bastantes bizcochos, que ésti ye muy fartón.

Curro: ¡Pero hombre, Facundo!

Facundo: *(Levantándose a medias del sillón)* ¡Calla, por tu madre! ¡Ya no puedo más! ¡Llevo cerca de veinte hores haciéndome el enfermu, y sin tomar ná!

Curro: ¿Qué me dise? ¿De mó que eso del ataque…?

Facundo: Casi ná. Un pequeñu dolor aquí en la rodilla, pero ya me encargo yo de exagerálo.

Curro: ¿Y por qué hase esa comedia? ¿Pa qué mete ese contrabando?

Facundo: Pues… *(Viendo a Casilda, que vuelve)* Espera, ya te lo explicaré… que ahora están ahí los carabineros.

Casilda: *(Trae una bandeja con una copa de vino y unos bizcochos)* Aquí tien. *(Lo pone en la mesa)*

Facundo: ¿Traes una copa ná mas?

Casilda: Pero, ¿va a beber con dos?

Facundo: No home, no. La otra era pa mí.

Casilda: No lo pienses. Tú estás a dieta.

Curro: Sí señora, sí. Eso está güeno. ¡A dieta, a dieta! Ná de alimento de eso pesao que cargan er vientre y lo hasen paresé un fuelle. ¡Dieta, dieta!

Facundo: *(Mirándole con rabia)* (¿En dónde i daré el primer puñetazu?)

Casilda: Claro, ye lo que digo yo. Despúes de un ataque así, ¿cómo voy a dai de comer? Puede pillar un cólicu y lleválu Pateta.

Facundo: ¿Pateta?… ¡Patata!… Patata frita me haz falta a mí. Pero no puedo comer… ná, ná, ná.

Curro: ¿Ná, ná, ná?

Casilda: ¡Ná, ná, ná!

Facundo: ¿Ná, ná? ¡Narices, digo yo! ¡Que me estáis matando, y a eso no hay derecho! Mirai; mirai como tengo les piernes. Mirailes por abajo… ¡y ya veréis luego lo que pasa por arriba! *(Mientras Casilda y Curro se inclinan para verle las piernas, Facundo coge un bizcocho y come tranquilamente)*

Casilda: *(Inclinada)* Yo no veo ná.

Curro: Yo tampoco veo ná. *(Se incorporan Curro y Casilda)*

Casilda: Están como siempre. No seas exageráu. Tú, con poco te atragantes.

Facundo: *(Atragantándose con el bizcocho)* ¡Con poco, con poco!

Curro: Pero, ¿cómo ha sío eso del ataque?

Facundo: Pues verás…

Casilda: No, dejáme a mí, que tu cuentes muches mentires. Usté figurese, Curro, que esti sinvergüenza…

Facundo: Casilda, ¡qué hay visita!

Casilda: No te asustes. Ye de confianza. Pues esti… marido, que tengo la desgracia de padecer, está medio chifláu con el flamenco.

Curro: Eso no tié ná de particulá.

Casilda: Eso creerálo usté. En esta casa está prohibido el flamenco… ¡Porque a mí me da la gana!

Curro: Pero, ¿por qué le tié usté esa inquina ar cante jondo?

Casilda: ¡Porque me paez muy ordinario!

Curro: *(Asombrado)* ¡Señora! ¿Qué dise usté? ¿Ordinario, er cante jondo? *(Solemne)* ¡Er cante jondo tiene argo de rituá¡ ¡Er cante jondo!… ¡Casi ná! ¡Er cante jondo!… ¡Er cante jondo hase sentí, hase llorá, hase reí! Trae a la narí der que lo oye, aroma de nardo, esensia de rosa, perfume de clavé y de heliotropo. ¡Er cante jondo ha sío y será er 'sursum cuerda' de tó er cante! No hay música regioná que sepa tanto a la tierra. Un fandanguillo a tiempo trae a la imaginasión argo sublime, argo güeno. ¡Er pueblo dormío, la casita blanca, la novia güena, er güerto lleno de flore! ¡Tó to, tó! La finesa der cante jondo viene de mu arto. De una estrellita der firmamento se hase una copla.

> De una estrellita der sielo
> está jecha tu mirá,
> mira que estrella tan güena
> que tuvo empeño en bajá.

Facundo: ¡Olé, viva tu cuerpo!

Casilda: ¡Calla, Facundo! *(A Curro)* Pero, ¿que está usté hablando ahí de cantos y de aires regionales? En tós los sitios hay cantares guapos. ¡Aires regionales! También aquí tenemos buenos aires.

Facundo: Eso ye en la Argentina, Casilda.

Curro: Sí señora. No lo niego. Argún cantá de esta tierra tie su miga.

Casilda: Algunos son muy guapos. Fíjese en ésti. *(Recitando en serio)*

> Tú dices que, por mi causa,
> tienes los ojos caídos;
> álzalos, prenda del alma,
> que yo bajaré los míos.

Curro: ¡Güeno; sí señora, güeno!

Facundo: Bueno, Casilda, pero has de decir la verdá… Algunos serán guapos, pero otros… ¡home, otros no hay derecho!

Casilda: ¿Cuálos, cuálos? En Asturias no hay ningún cantar feu.

Facundo: ¡Feu… no, pero, vamos… Fíjate en esti, Curro…

> Anoche, junta to puerta,
> neña, ¡qué mal olor dabes!
> debes saber que de noche,
> no se pueden comer fabes.

Curro: ¿Eh?

Facundo: Eso no son buenos aires. ¡Son malos vientos!

Casilda: ¡Pero, Facundo, no seas animal!

Facundo: ¡Que hay visita, Casilda!

Casilda: Esos cantares son de broma. Yo hablo de los otros, de los de amores y penes. De esos que lleguen al alma.

Curro: Pos pa esos… ¡el flamenco! Una copla bravía y sensuá; una cansión en la que se sale er corasón por la boca, no se canta má que con la guitarra.

Facundo: Y además que la guitarra sirve hasta pa defendése. Si tienes una bronca, das con ella a uno en la cabeza y… pal arrastre. Con la gaita tienes que dai con el fuelle.

Casilda: ¡O con el punteru!

Facundo: Ye poco.

Curro: ¿Y en eso se apoya una mujé pa tené rabia ar flamenco? ¿En la letra de una copla?

Casilda: No, en eso sólo no. Son otres coses más íntimes.

Facundo: Sí. Cuestión monetario-amorosa.

Curro: ¡Que se me sarte la nué si lo entiendo!

Escena Cuarta
Dichos y Maruja

Maruja: *(Saliendo)* Madre, deme les llaves pa sacar el azúcar.

Casilda: No, espera; iré yo por ello y, de pasu, haré el ponche pa tu padre. *(A Facundo)* ¿Cómo lu quies? ¿Fríu o caliente?

Facundo: ¡Con diez o doce rebanaes de pan!

Casilda: Sigue sentáu, que vas a cansar de esperar por elles. *(A Curro)* Con permiso, ¿eh? *(Haciendo mutis)*

Curro: Sí señora, no fartaba más. *(Mirando con atención a Maruja)* Pero, Facundo, ¡no había yo reparao en la fló que tá tocao por hija! ¡Camará, que mosita! ¡Una fló de primavera!

Maruja: No será tanto.

Curro: ¿Cómo que no? ¡Asúcar cande, niña!

Facundo: ¿Sí? Pues esti azúcar ye el que nos está amargando la existencia.

Maruja: *(Asombrada)* ¿Yo?

Facundo: Tú, tú. Por tener el galán que tienes, está tu madre como está.

Maruja: ¿Cómo está?

Facundo: Muy bien, ¿y tú?

Maruja: ¡Vaya padre, no gaste bromes! ¿Por qué tengo yo la culpa?

Facundo: ¿Y toavía lo preguntes?

Curro: ¿Pero que tié que vé er flamenco con er novio de la niña?

Facundo: Pues muy sencillo. Casilda ye 'refraztaria' al flamenco, porque tirai un poco por lo finolis y por les pieces de concierto, pero no se ponía tan furiosa antes, cuando oía la guitarra, como ahora. Y eso, ¿por qué? Por la sencilla razón de que esta rapaza está en relaciones con el hermanu de un rapaz que canta flamenco.

Curro: ¿Con quién?

Facundo: Pues con Luis, el hermanu de Joselito.

Curro: *(En el colmo del asombro)* ¿Con Luí? ¿Con Luí? Pero, ¿con Luí?

Maruja: *(Imitándole muy mal)* ¡Zí, con Luí, con Luí! ¿Qué tié de particulá?

Curro: ¡Pero, xiquilla, si eso é er premio gordo der sorteo!

Facundo: ¿Eh?

Maruja: Pero… ¿por qué?

Curro: ¿Por qué? Porque Luí tié una tía carná, hermana de su mare, que é millonaria, viuda y sola.

Maruja: ¿Y Luis…?

Curro: Luí se ha criáo con ella. La tía le ha tomao cariño, y tié hecho er testamento a su favó. ¡Má de sien mir duro, que pasarán a Luí er día que la tía apague er candí!

Facundo: *(Boquiabierto)* ¿¡Cien mil duros!? *(A Maruja)* ¡Tú, a casáte enseguida!

Maruja: ¡Padre!

Facundo: ¡Ná, ná! ¡A casáte! Y oye, Curro, ¿esa tía ye muy vieya?

Curro: Setenta y sinco primavera, pero se encuentra güena y sana como un roble.

Facundo: ¡Qué lástima! ¡Ella fuerte y sana, y yo con reumatismo! ¡Qué mal repartío está tó!

Curro: Ahora que no hay má que un inconveniente.

Maruja: ¿Cuál?

Curro: Que no se tié que enterá de esto Luí.

Facundo: ¿Por qué?

Curro: Porque Luí le ha prometío a su tía tené guardao er secreto de la herensia pa tó er mundo.

Maruja: ¿Y eso por qué?

Facundo: Ye verdá, ¿por qué?

Curro: Pos muy sencillo. Porque la tía supone, y en eso tié rasón, que, en cuanto la gente se entere de que su sobrino tié que heredá esa enormiá de dinero, no va a habe mosita, ni fea ni bonita, que no sea de Luí, y tié mieo, y con razón, de que se lo lleve una lagartona que le coma er dinero, y le haga desgrasiao. ¡Como Luí siempre ha tenío fama de blando!

Facundo: En eso tien razon la tía. Puede, a lo mejor, venir alguna que no lu quiera más que por les perres. *(A Maruja)* Por eso tú debes casáte con él. Pa que no lu lleve otra, y lu haga desgraciáu.

Maruja: Por eso no me dijo nunca nada de la tía.

Curro: ¡Claro! Como que se lo tié prohibido, bajo pena de que si se lo cuenta a arguna persona, su tía rompe er testamento, y le deja tó er dinero a una criá que tie muy antigua.

Facundo: Pues eso ye lo peor. ¿Cómo i lo decimos nosotros a Casilda, con lo charrana que ye?

Maruja: De ninguna manera. No se diz ná.

Curro: ¡Claro! No se dise ná.

Facundo: Sí, pero va a ser peor.

Maruja: ¿Por qué?

Facundo: Porque si no i decimos ná, seguirá tomándoles con él, continuará persiguiendo la flamenquería, como ella diz, y va a hacénos la vida imposible hasta que la tía de Luis apague el candil, como diz Curro.

Curro: ¡Tié rasón tu páre, niña!

Maruja: No señor, no tien razón.

Facundo: ¿No?

Maruja: No. Como a mi madre no se la puede enterar de esto, hay que discurrir la manera de que

Luis pueda seguir conmigo sin que ella se oponga.

Facundo: ¿Y cómo hacemos pa que no se oponga, cuando se oponga, sin que se oponga? ¡A ver tú, andaluz! ¡Discurre algo!

Curro: *(Pensativo)* Me estoy estrujando er meollo.

Facundo: ¿El qué?

Curro: ¡Er meollo, la masa encerfálica, la cabesa!

Facundo: ¡Ah, sí! ¡El melón!

Curro: *(Como hablando solo)* ¡Me parese, me parese… sí, porque… claro… ella… puede… y é… pues… también… y ar vé eso… Claro… eso é… ¡Mu bien!

Facundo: *(Asombrado)* ¡Pero oye, tú!… ¿Ya te hizo dañu la copa?

Curro: ¡Chist, cállate! ¡Cállate, por tu mare que se me ocurre argo monumentá!

Maruja: ¿Sí?

Curro: ¡Fijarse, fijarse! En primé lugá, hay que sabé una cosa. ¿Tu mare conose a Luí?

Maruja: ¿Personalmente?

Curro: Sí.

Maruja: No. Conoz a Joselito, porque lu vio cantar una vez en teatro, pero a Luis, no.

Curro: Mu bien. Por ahí va enfocao. Pos veréis ustedes lo que se má ocurrío.

Facundo: *(Mirando al lateral)* ¡Cuidao que ahí está la fiera!

Escena Quinta
Dichos y Casilda

(Vuelve Casilda. Trae en una bandeja un vaso con un ponche)

Casilda: Aquí tienes el ponche. ¡Está superior!

Facundo: Sí, pero tó ye líquido. Si trajera algo sólido.

Casilda: ¡Anda, anda; tómalo y calla!

Facundo: Tomarélo, porque no digas, pero esto pa mí, ná.

Casilda: Y, cómo estás tan bien acompañáu, voy a llegáme un momento a casa de Fidela, que tengo que dai un recao pa la muyer que nos trae la manteca. *(A Maruja)* Tú, mucho ojo, ¿eh?

Maruja: Descuide.

Casilda: Y no estés ahí mano sobre mano, que ya sabes que hay mucho que planchar.

Maruja: Bueno, ya plancharé. ¿Qué más?

Casilda: Nada más. Hasta luego. *(A Curro, dándole la mano)* Ya sabe dónde me tien. Casilda Mejillón, pa servílu.

Curro: *(Muy fino)* Curro Molina, servior de usté pa tó lo que se la ofresca.

Casilda: Muches gracies.

Curro: No hay de qué.

Casilda: Felices tardes. Servidora.

Curro: Felises. Iguarmente.

Casilda: Gracies.

Curro: De nada.

Facundo: *(Impaciente)* ¡Quies marchar de una vez, y dejáte de tantes ceremonies? ¡Qué par de pelmazos!

Casilda: *(Haciendo mutis)* ¡La educación, nunca está demás!

Facundo: La que estás de más yes tú.

Casilda: ¡Ordinariu! *(Mutis)*

Facundo: ¡Filarmónica!

Escena Sexta
Maruja, Facundo, Curro

Curro: ¡Compáre! ¡Vaya fló!

Facundo: ¡Ye muy pelma!

Maruja: Bueno, Curro; díganos eso, que estamos impacientes.

Curro: Pos veréis ustedes. *(Pausa)* ¿Qué se necesita pa que tu mare no le ponga la proa a Luí? Pos muy sensillo. Que se haga amiga de é. ¿Y cómo se arcansa eso? Pos muy fásil. ¡Entrando Luí en esta casa!

Facundo: *(Que estará tomando el ponche, espurrea)* ¿Eh? ¿Entrar Luis aquí?

Maruja: Eso no puede ser.

Curro: ¿Qué no pue sé? Eso é más fásil que tomá er tranvía un domingo. *(A Facundo)* ¿No te siente tú enfermo?

Facundo: Sí.

Curro: ¡Pos ya está!

Maruja: ¿Ya está qué?

Curro: La solusión. Aquí hase farta un médico y, como hase farta un médico, tie que vení un médico, y er médico que venga, se llama Luí.

Facundo: ¿Luis, médicu? ¡Esi no cura ni los callos!

Curro: ¡Ni farta que hase! ¿Vosotros no habéis oído hablá de que ahora tó se cura por medio de la siensia ocurta? ¿No sabéis ustedes que toas las enfermeaes no son má que a 'artosugestión' invividuá? Pongo por ejemplo. ¿Tú tiene reuma articulá? Pos no lo tiene. Está sugestionáo.

Facundo: ¡Oye, oye; menos camelos, tú!

Curro: ¡Ná de camelo! Si a ti te da un arsidente, te güerve loco o tarumba, te se pone la 'etiricia' o arguna otra enfermeá, hay que averiguá er motivo y er sitio. ¿Dónde tá dao ese arrechuco? ¿En er paseo? Pos te güerves ar paseo, ar mismo lugá donde te dio er má, y dice: "¡Ea, tó ha sio mentira. Ya no siento ná." Y al momento... curáo.

Facundo: ¿Qué me dices?

Curro: Pos digo yo... ¿A ti tá dao ese ataque rumático en er teatro, oyendo cantá flamenco? Pos güerve a oí flamenco otra vé, y curao der tó.

Maruja: Ya voy entendiendo algo.

Facundo: Yo, ni palabra. ¿Qué tien que ver el flamenco con el reuma?

Curro: No tié ná que vé, pero hay que hasé que tenga que vé. Cuando vuerva tu mujé, tu hase como que te da otro ataque. *(Haciendo gestos de accidentado)* ¡Hase así... y así... y así!... y aluego dise que hay que llamá ar médico. Yo entonses diré:

"Sí señora, hay que llamá ar médico. Precisamente tengo yo un amigo médico que entiende de rumatismo articulá."

Maruja: Y entonces el médicu ye Luis.

Curro: ¡Cabá! Y como Luí sabe mucho de eso, porque pa eso é médico...

Facundo: ¿Qué ye médicu Luis?

Curro: Pa tu mujé, sí. Pa ti y pa mí, no.

Maruja: Y pa mí, tampoco.

Curro: ¡A ti que te cure er corazón, y ya va bien, niña! Pos veréis. En primé lugá, hay que avisá a Luí. *(A Maruja)* ¿Tú sabe dónde se le pué avisá?

Maruja: En el café de la esquina estará ahora.

Curro: Mu bien. Allí me llego yo en un sarto. Dimpués, avisaré a Joselito y ar tocaó de guitarra.

Facundo: ¿Pero qué lío vais a armar?

Curro: Déjame a mí. Tu hase tó lo que té dicho. El ataque, la convursión, er grito. Lo demá corre de mi cuenta. *(Levantándose)* ¡Güervo enseguía!

Facundo: Pero, oye tú...

Curro: *(Dirigiéndose a la puerta)* ¡Güervo enseguía! ¡Si viene Luí, sin que yo haya venío, que me aguarde aquí!

Maruja: Pero oiga...

Curro: ¡Güervo enseguía! *(Haciendo mutis)* ¡Tengo un serebro que, er día que lo venda ar peso, me dan por é sincuenta mir duro! ¡Viva Curro Molina, bisnieto de Rafaé Molina, 'Lagartijo'! ¡Olé! *(Mutis)*

Escena Séptima
Maruja y Facundo

Facundo: ¡Ahí va un cohete! Bueno, tú, ¿qué hacemos ahora?

Maruja: Pues esperar.

Facundo: ¡A ver si nos metemos en otru lío como el de ayer! Menos mal que a mí se me ocurrió lo del ataque, que si no...

Maruja: ¿Pero no fue verdá?

Facundo: ¿Toavía estás así? Que pegué contra la portezuela del taxi, cuando tu madre me empujó, y como di un gritu, y vi la cara que ella ponía, díjeme: "Lo mejor pa evitar la bronca, ye ponése malu." Y ya viste, salióme tan bien, que hasta los de la Casa Socorro lo creyeron.

Maruja: *(Admirada)* ¡Usté ye un artista, padre!

Facundo: ¿Quién, yo? ¡Borrás al mi lao, una chancleta! *(Llaman al timbre)*

Maruja: ¡Ay! ¡Ahí está Luis! *(Mutis)*

Facundo: ¡Arrea! ¿Tan pronto? ¡Cómo se descubra tó, veo a Casilda en cementerio poniéndome flores!

Escena Octava
Facundo, Maruja, Luis

Viene Maruja acompañando a Luis, que es un muchacho de unos veinticuatro años. Bien parecido, y hasta

60

presumiendo de elegante. Es el galán ideal para Maruja, que está enamoradísima su novio)

Maruja: ¡Pasa, pasa!

Luis: ¿Aquí? Pero, ¿no está tu madre?

Maruja: No. Pasa.

Luis: Bueno. *(Entrando)* ¡Hola, Facundo! ¿Qué hay, qué pasa?

Facundo: Por ahora nada, pero ya pasará; ya pasará.

Luis: Ya me explicó algo Curro. Bueno, ¿qué hay que hacer?

Facundo: ¿No dices que te lo explicó Curro?

Luis: Sí, pero a medias. Vamos a ver, ¿qué siente usted?

Facundo: ¿Qué siento?... ¡Metéme en estos líos!... Pero, ¿pa qué lo quies saber?

Luis: Para venir luego preparao, cuando ustedes me llamen como médico.

Maruja: ¡Vaya un médicu!

Luis: ¡Formidable! ¡Ya lu verás! Me voy ahora a casa, leo un par de cosas en unos libros de medicina que tengo, y vuelvo aquí sabiendo más que el doctor Tapia.

Facundo: Pues verás. Yo siento, aquí en la rodilla, unos dolores así como de reuma articular, según dijeron en la Casa Socorro.

Luis: *(Escribiendo en un papel)* ¡Reuma articular! ¿Qué más?

Facundo: Y además, siento a veces una cosa, aquí en el estómago, como si me faltase algo.

Luis: Eso es nervioso.

Facundo: No, eso ye fame. Y otres veces, siento venir...

Maruja: *(Que estará arrimada al balcón, dice le pronto)* ¡Ay! ¡Ay, padre!

Facundo: ¿Qué pasa?

Maruja: ¡Ay, padre! ¡Mi madre!

Facundo: ¡Su madre! ¿Qué dices?

Maruja: ¡Qué ahí vien mi madre con Tomás!

Facundo: ¿¡Eh!?

Luis: *(Con pánico)* ¡Arrea! ¿Dónde me meto, dónde me meto?

Facundo: *(Ídem ídem)* ¿Dónde te metes? ¿Qué sé yo?

Maruja: *(Ídem ídem)* ¡Ahora sí que nos mata!

Luis: *(Corriendo por la escena)* Pero, ¿dónde me meto? *(Queriendo hacer mutis por la izquierda)* ¡Por aquí!

Maruja: *(Dando un grito)* ¡Noo! ¡Por ahí no!

Luis: ¿Por dónde?

Facundo: ¡Ahí! En... en... en...

Luis: *(Dirigiéndose al lateral derecha)* ¿Aquí?

Facundo y Maruja: *(A un tiempo)* ¡Nooo! ¡Ahí tampoco!

Luis: ¡Caray! ¿Dónde? *(Levantando el tapete de la mesa)* ¿Aquí?

Facundo: ¡No; ahí no, que ye de falda corta!

Maruja: ¡Pronto, pronto que ya entraron en el portal!

Luis: Pero, ¿dónde me meta?

Maruja: *(Abriendo el balcón)* ¡Métete aquí!

Luis: ¿En el balcón?

Facundo: ¿Crees que ye un canario?

Maruja: ¡Anda, anda! ¡Ya te avisaré yo pa salir!

Luis: ¡Bueno, vamos a la jaula! *(Entra en el balcón cuyas vidrieras cierra Maruja rápidamente)*

Maruja: ¡Ay! ¡Ay, si lu pilla!

Facundo: ¡Mañana estamos todos en el hospital!

Maruja: ¡Ya están ahí!

Facundo: *(Como si brindase un toro)* ¡Va por ustedes!

Maruja: ¡Chist!

Escena Novena
Maruja, Facundo, Luis, Casilda y Tomás

Casilda: *(Dentro)* Trae esi paquete pa aquí.

Tomás: *(Ídem)* Allá voy, magdle.

Casilda: *(Entrando)* ¡Ay, ya llegué! Está haciendo un poco de frío, y sentí no haber llevao el chaquetón. ¿Ya marchó Curro?

Facundo: Ya… ya… pero volverá.

Casilda: Ye simpáticu y francu. A pesar de ser andaluz, no me paez muy mentirosu. Debe ser un hombre que no tien ná escondido.

Facundo: No, escondido no hay ná. Tó está a la vista.

Tomás: *(Entrando con un paquete)* Tome magdle, el paquete que tlajo.

Casilda: Ponlo ahí.

Maruja: *(Sin separarse del balcón)* ¿Qué ye eso?

Casilda: Una muda interior pa tu padre. Calzoncillos y camiseta de punto.

Facundo: ¿Calzoncillos largos?

Casilda: ¡Largos!

Facundo: ¡Casilda, que eso ya no se estila!

Casilda: ¡Ande yo caliente y ríase la gente! *(A Maruja)* Tú, pon eso ahí, en el cuartu de tu padre. *(A Tomás)* Y tú, sal al balcón, y mira a ver si está todavía abierta la carnicería de enfrente.

Facundo: ¡¡No!! ¡El balcón, no!

Casilda: ¿Por qué?

Facundo: ¡Porque ye malo pal reuma!

Casilda: Ye un momento ná mas.

Tomás: *(Cerca del balcón)* ¿Ablo, magdle?

Facundo: ¡No!

Casilda: ¡Sí!

Maruja: *(Se acerca rápidamente a su padre, y dice)* ¡El ataque, padre; el ataque!

Facundo: ¿Eh? ¡Ah, sí! *(Dando un grito horrible que asusta a Casilda y a Tomás)* ¡Ay! ¡Ay, ay!

Casilda: *(Asustada)* ¡Ay! ¿Qué pasa?

Facundo: ¡Ay, ay! ¡El ataque, el ataque! ¡Ay, ay! ¡Ay, qué me muero! *(Hace como que le dan convulsiones, y estira las piernas, poniéndolas muy derechas)*

Casilda: Pero, ¿qué te pasa, Facundo; qué te pasa?

Facundo: ¡Ay, ay! ¡Tomás, Tomás!

Tomás: *(Acudiendo)* ¿Qué hay padle, qué hay?

Facundo: ¡Frótame esta pierna! ¡Frotámela bien! *(Tomás se arrodilla, y se pone a darle friegas)*

Tomás: ¿Más fuelte?

Facundo: ¡Así, así! ¡Tú, Casilda, Casilda!

Casilda: ¿Qué, qué?

Facundo: ¡Frótame esta otra! *(Casilda hace lo mismo que Tomás)*

Casilda: ¿Así?

Facundo: ¡Tan fuerte no, que la pierna ye mía! ¡Ay, ay! ¡Hay que sacar el dolor de dentro! ¡Hay que sacalu! ¡Qué salga, qué salga! *(Mientras Casilda y Tomás dan friegas, Maruja se dirige al balcón, y lo abre, Luis sale andando a gatas, y hace mutis, sin que lo vean, por la izquierda)*

Maruja: ¡Anda, anda, anda! ¡Sal ahora, corriendo! ¡Anda!

Facundo: *(Viendo el mutis de Luis)* ¡Ay! ¡Ya salió, ya salió!

Casilda: ¿Ya marchó el dolor?

Facundo: ¡Sí, ya marchó, ya marchó! ¡Ahora mismo! ¡Ahora mismo! *(Y mientras Casilda y Tomás continúan dándole friegas, y Luis hace mutis, cae rápidamente)*

TELÓN

ACTO TERCERO

La misma decoración de los actos anteriores. Al empezar este acto, todos los personajes (menos Luis, naturalmente) están colocados en la misma posición que los cogió el final del acto anterior. Casilda y Tomás siguen arrodillados, frotando los pies de Facundo, y Maruja está al lado de la puerta por donde se marchó Luis.

Casilda: ¿Pero ya marchó, ya marchó?

Facundo: ¡Del todo no! ¡Ahora está bajando!

Casilda: Bajando, ¿pa dónde?

Facundo: Pal portal… digo, ¡pa los pies!

Casilda: ¡Qué dolor tan raru! ¡Sube y baja!

Facundo: ¿No ye reuma articular? Pues los artículos, suelen subir mucho.

Tomás: Oiga, padle, ¿floto más?

Facundo: No, déjalo.

Tomás: *(Poniéndose de pie)* ¡Qué bálbalo! ¡Qué sustu tan glande! ¡Tengo el colazón como una loco-motola!

Facundo: Y yo, les piernes como una hélice,

Casilda: Anda, tapate, tapate. ¿Pero qué cosa más rara te fue a dar, Facundo! ¡Tú nunca sentiste ná de eso!

Maruja: ¡Claro! No sal casi nunca de casa, no pasea, no se distrae… ¿Cómo no se va a poner malu?

Tomás: Como que los médicos lecomienden ahola que se tome el aile y el sol, y que se lespile bien pol les nalices, llevando la boca celada.

Facundo: Sí, en boca cerrada no entren mosques.

Tomás: No lo tome a bloma, que ye veldá. Yo siempre lespilo pol la naliz y lespilo balbalamente.

Facundo: Bueno, calla; que me marees. *(Dando un grito)* ¡Aaay, ay!

Casilda: ¿Qué ye? ¿Otra vez?

Facundo: *(Por la pierna)* ¡Fue un pinchazu en esta rueda! Vas a tener que llamar al médicu.

Maruja: Sí, madre. Hay que llamar al médicu. Estamos dejándolo, y a lo mejor ye algo grave.

Casilda: ¡Ay, no me asustéis! ¿Será grave?

Facundo: ¡Qué sé yo, Casilda, que sé yo! ¡Lo mejor será no descuidálo!

Casilda: Bueno, llamaremos al médicu.

Tomás: ¿Quiel que vaya yo coliendo a buscálu?

Facundo: *(Mirándole con rabia)* ¡No; ya irás! ¡Qué rápidu yes pa los recaos! *(Se oye el timbre de la puerta)*

Casilda: *(A Maruja)* Vete a ver quién ye.

Maruja: *(Haciendo mutis)* Voy.

Facundo: Será Curro.

Casilda: ¿Otra vez?

Facundo: ¡Casilda, deja a los amigos; que me demuestren la simpatía!

Tomás: *(Que estará junto a la puerta)* Sí, padle. Ye Culo.

Facundo: Tú llamalu Francisco, porque, con esa manera de hablar, el Curro, en boca tuya, resulta otra cosa.

Maruja: *(Entrando)* Ahí está Curro.

Escena Segunda
Dichos y Curro

Curro: *(Entrando)* Pero, ¿otra vé tá dao er soponsio?

Facundo: Sí, Curro, sí; otra vez. ¡Estoy muy malu!

Casilda: Yo no sé qué ye esto. Siempre estuvo tan buenu y tan sanu, y ahora, de repente, empieza con esto.

Curro: Pos hay que averiguá la causa. Hay que llamá ar médico.

Maruja: Eso estábamos diciendo… Que no puede estar mi padre así, expuestu a una cosa grave. ¡Hay que ver qué cara tien, y qué demacráu está!

Facundo: (¡Ye más embustera que yo!)

Curro: Pos ar momento. ¡A llamá ar médico!

Casilda: ¡Anda, vete, Tomás!

Tomás: *(Medio mutis)* ¡Coliendo!

Curro: *(Deteniéndole)* Un momento, niño. Casuarmente me viene a la imaginasión una cosa. Tengo yo un amigo médico que, en cuanti que yo le avise, viene enseguía.

Casilda: ¿Y ye buen médicu?

Curro: ¡Superió! Hase curasione que paesen cosa de brujería. Ha curáo a una señora que no podía andá, y que ahora juega ar jokey. No la digo má.

Casilda: ¿Sí?

Curro: Sí señora. A un vesino de Canga de Aní…

Casilda: ¿Será Cangas de Onís?

Curro: ¡Eso, Oní!… Pos, a un vesino de allí, que tenía una pierna dergá como un palillo, y la otra gorda como una ensina, lo ha dejáo tan bien, que er gachó se ha metío a delantero sentro der Canga Efe Sé.

Facundo: ¡Qué bárbaro! (¡Andaluz teníes que ser!)

Curro: Y a un chofe ,que se había roto una pierna en un arsidente de automóvi, le colocó otra pierna, y er chófe ha dejao el auto, y sá metío a cartero.

Casilda: Pues si ye tan buenu como diz usté, hay que llamálu enseguida. Anda, Tomás; entérate dónde ye.

Curro: No hase farta. Me voy yo en un sarto y lo traigo volando.

Casilda: Pero, ¿pa qué se va a molestar?

Facundo: ¡Déjalu, Casilda; si tien esi gusto, déjalu!

Curro: Sí señora. No fartaba má. Por un amigo se hase tó. Güervo enseguía.

Casilda: Pero, oiga…

Curro: Güervo enseguía. *(A Facundo)* En cuanti te vea er doctó, te va a poné como nuevo.

Facundo: Falta me haz. Si no me pon nuevu del tó, por lo menos que me eche medies sueles.

Curro: ¡Nuevo te vá a poné! *(Aparte a Maruja)* (¡Prepárate niña, y no te sorprenda de ná!)

Maruja: *(Aparte también)* (¡Estoy más nerviosa!)

Curro: *(Haciendo mutis)* ¡Güervo enseguía!

Escena Tercera
Casilda, Facundo, Tomás, Maruja

Casilda: Voy a ir preparándolo tó pa cuando venga el médicu.

Facundo: ¿Qué vas a preparar?

Casilda: Limpiar un poco por aquí.

Facundo: ¡Home, déjalo como está! No levantes polvo.

Casilda: ¿Por qué no te metes en la cama?

Facundo: Porque estoy mejor así.

Maruja: *(Nerviosa)* Pero, madre, ¡déjelu; no lu moleste! Espere que venga el médicu, y ya veremos lo que diz.

Casilda: ¡Ay, bueno, neña; bueno! No te pongas así. Encima de que tienes tú la culpa de tó…

Maruja: ¿Qué tengo yo la culpa?

Casilda: ¡Claro! Si no hubiera ido contigo al teatro, no hubiera ido yo detrás de vosotros, no se hubiera disgustáo, y no tendríamos ahora esto.

Maruja: *(Furiosa)* ¡Bueno, déjeme en paz!

Casilda: *(Furiosa también)* ¡No contestes así, porque te quito la cara! Cuidao con contestar mal a tu madre, ¿eh?

Facundo: ¡Ay, ay! Pero, ¡queréis callar! ¿No tenéis compasión de un probe enfermu?

Casilda: Ye veldá, ye veldá. Estáis viendo que está enfelmu, y estáis ahí dando glitos.

Casilda: Tienes razón, tienes razón. Marcho, por no dejála sin narices. Ya me avisaréis cuando venga el médicu.

Facundo: Sí, anda; anda. Déjame tranquilu, aunque no sean más que diez minutos.

Casilda: ¿Tambien tú? ¡Vaya, está hoy el baile pa tocar la gaita? *(Mutis)*

Facundo: ¡Contigo ya tenemos el róncon!

Maruja: ¡Qué pelma ye!

Escena Cuarta
Maruja, Facundo, Tomás

Tomás: ¡No ye pelma, no! Ye que está nelviosa. Cuando una pelsona está nelviosa, no lo puede lemedial.

Facundo: Y a propósito de nervios... *(A Tomás)* Oye tú, ven acá.

Tomás: ¿Qué quiel?

Facundo: Mira; dentro de un momento vendrá el medicu...

Tomás: ¿Y qué me quiel decil con eso?

Facundo: Que veas lo que veas, y oigas lo que oigas, no metas la pata.

Tomás: ¿Pol qué voy a metel la pata?

Maruja: Porque sí. ¿Tú ya conoces a Luis, no?

Tomás: ¿Esi que anda detlás de ti? Sí.

Maruja: Bueno, pues dentro de poco va a venir aquí.

Tomás: ¿Eh? ¿Qué va a venil aquí?

Facundo: Sí, va a venir a curáme a mí.

Tomás: ¿A culálu a usté? ¡Pelo si no ye médicu!

Facundo: Eso ye lo que tú no sabes. Lo que tienes que hacer ye disimular como si no lu conocieses.

Tomás: Pelo, ¿pa qué?

Maruja: Ya lo sabrás. Tú haz lo que te diga mi padre.

Facundo: Y si no lo haces, ya nos entenderemos tú y yo. Por lo pronto, ten presente que, si no me obedeces, no vuelves a ver una perra mía. Y además, tengo, ahí en el cuartu, un bastón que está deseando hacer conocimientu con les tus costilles.

Tomás: *(Haciendo pucheros)* ¡Aup, aup! ¡Pero si yo!…

Facundo: ¡Ná! Sin hacer pucheros. Ya lo sabes. Puntu en boca y, hablen lo que hablen, oigas lo que oigas, y veas lo que veas, ni oigas, ni hables, ni veas. ¿Estamos?

Tomás: Bueno, callalé. Pelo, paezme muy lalo que Luis venga aquí a culálu a usté, sin sel médicu.

Maruja: Tú no te metas en dibujos, y haz lo que te manden.

Tomás: ¡Halélo, halélo! *(Suena el timbre de la puerta)*

Maruja: ¡Ahí están! Voy a abrir. *(Mutis)*

Facundo: El timbre de esta casa no está quietu un momento… ¡Ye un timbre móvil!

Tomás: *(Riéndose)* ¡Ji, ji, ji! ¡Qué céleble ye mi padle!

73

Escena Quinta
Facundo, Tomás, Maruja, Curro y Luis

Maruja: *(Dentro)* ¡Pasen, pasen por aquí!
Facundo: *(A Tomás)* Ya lo sabes, ¿eh? ¡Chitón!
Tomás: Bueno, bueno. *(Viene Maruja acompañando a Luis y a Curro. Luis se ha puesto unas gafas de concha que lo desfiguran completamente. Maruja viene muerta de risa)*
Maruja: *(En voz alta para que la oiga su madre)* ¡Padre, aquí está el médicu!
Facundo: ¡Que pase, que pase!
Luis: *(Entrando)* ¡Buenas tardes!
Tomás: *(Asombrado)* ¿Eh? ¿Pa qué tlaelá antiojos?
Curro: ¡Ya ha venío er poso de siensia!
Facundo: Tomás, avisa a tu madre.
Tomás: Voy.
Facundo: Y muchu ojo, ¿eh?
Tomás: *(Haciendo mutis)* Sí, sí, ¿Que selá esti lío? *(Y se marcha muy asombrado, sin comprender una palabra de todo aquello)*

Escena Sexta
Maruja, Facundo, Luis y Curro

(Toda esta escena ha de hacerse a media voz y con tono de misterio)

Maruja: ¡Ay, Luis! ¡Qué raru estás con eses gafes!
Luis: Así da más seriedad a uno.

74

Curro: ¡Güeno! A vé cómo sale la cosa. Aquí Luí, sabe ya lo que tié que hasé. *(A Facundo)* Tú, a seguí la corriente, ¿entendío?

Facundo: ¡En tendío, y en barrera! *(A Luis)* Pero no me preguntes coses rares, que me haces un lío.

Luis: Descuide usted.

Curro: Ya tengo avisáo a Joselito y ar tocaó.

Facundo: Pero, ¿pa qué?

Curro: Pa argo definitivo. ¡Tarumba te vá a quedá! ¡Qué talento tengo!

Luis: Te advierto que, si nos sale bien todo lo que se le ha ocurrido a Curro, ya podemos ir preparando la boda.

Maruja: ¿De verdá?

Facundo: ¡Mira, mira; que se i haz la boca agua!

Curro: No orviarse que er padrino tengo que sé yo.

Facundo: (¡De eso ya hablaremos!)

Maruja: ¡Chist! Ahí está mi madre.

Curro: ¡Empiesa la funsión!

Facundo: ¡A ver si termina en drama!

Escena Séptima
Dichos, Casilda y Tomás.

(Desde el comienzo de ésta, al final, se va haciendo de noche)

Casilda: Buenes tardes.

Luis: Buenas tardes.

Curro: Casirda, aquí le presento ar doctó Cañavete, espesialista en enfermeaes de toas clases.

Casilda: Tantu gusto.

Luis: El gusto es mío.

Casilda: Pues ya ve, dotór; ya ve. Aquí estamos con esti hombre, que no sabemos qué tien.

Luis: Para eso estamos nosotros, los médicos. Para saber la clase de dolencias que padecen los enfermos, y recetar los medicamentos convenientes en cada caso, bien sean enfermedades que afecten a un órgano, a dos órganos, o a tres órganos.

Facundo: (¡Arrea!)

Curro: ¡Qué pico de oro!

Luis: Vamos a ver *(A Facundo)* Usted, ¿qué siente?

Facundo: Muches coses. Dolor, aquí en la rodilla, dolor, en los pies, en los riñones, en la cabeza. En fin... ¡qué soy una llaceria!

Luis: Bien, bien; pero conteste concretamente. ¿Dónde le duele más?

Facundo: Aquí, en la rodilla.

Luis: Bien. Saque la lengua.

Facundo: *(Abriendo la boca, y sacando la lengua)* ¡Aaaa! ¿Así?

Luis: Basta; basta. Tiene fuliginosidades características de miocarditis.

Casilda: ¿Y eso ye malo?

Luis: No lo sé todavía. Veremos. ¿Le han dado algunos ataques?

Casilda: ¡Dos; dos y muy fuertes!

Luis: ¿Dónde?

Casilda: El primeru ayer, al salir del teatro, y el segundu, hará así como media hora, aquí.

Luis: ¿Tiene convulsiones tetánicas?

Facundo: No, tetániques no tengo ná. *(A Curro)* ¿Qué son tetániques, tú?

Curro: ¡Yo que sé, compáre! ¡Arguna medisina!

Luis: Bueno, bueno, bueno. Y vamos con otra cosa. ¿En estos días ha sufrido usted alguna impresión, algún susto, algún disgusto, alguna emoción, fuerte sensación, o alteración?

Facundo: Pues… eso que lo conteste Casilda.

Casilda: Claro que le contesto. Sí; tuvo un disgustu gordu porque se empeñó en ir al teatro a oír cantar flamenco y, como a mí no me gusta, fui a buscálu al teatro, y armei un escándalo de marca mayor.

Luis: ¿Y ese mismo día le dio el ataque?

Casilda: A la puerta del teatro.

Luis: ¡Pues ahí está el origen del mal!

Maruja: *(Metiendo baza)* ¡Claro, ya lo decía yo! Todo vien de eso.

Curro: ¡Cabá! Lo que yo dije.

Facundo: Y lo que dije yo también.

Maruja: (¡Qué tendlá que vel el flamenco con la enfelmedá!)

Luis: Yo, que he hecho especialísimos estudios sobre todas las dolencias, he llegado a la conclusión de que ciertas enfermedades son causadas por efectos que, a primera vista, parece no tienen relación con ellas, pero que, observándolas detenidamente, se llega al convencimiento de que están ligadas entre sí. ¿Usted me entiende?

Casilda: No señor, pero ye lo mismo. Cuando usté lo diz.

Luis: Sí señora. Lo digo porque es cierto. Cosas que al parecer no tienen importancia, son las causantes de la muerte o de la curación de un enfermo. Su marido es aficionado al flamenco, ¿no es así?

Facundo: ¡Bárbaramente!

Luis: Pues ahí tiene usted una de las causas de su enfermedad. Su marido ha sido contrariado en su organismo y los centros nerviosos adherentes a la pía madre y a la dura madre cerebral han sido atacados en su totalidad.

Curro: ¡Chavó! ¡Qué tío sabiendo medisina!

Casilda: ¡Pero oiga una cosa, dotór Cañavera!

Luis: ¡Cañavete, señora; Cañavete!

Casilda: Creí que era Cañavera… Bueno, pues dígame una cosa. ¿Qué tien que ver tó eso de la madre que pida, y la madre que dura, pa la enfermedá del mi hombre? Aunque yo soy la madre… de los mis fíos, creo que hago bien en reñir al marido.

Luis: No es eso, no es eso. Yo no hablé de la madre natural sino de otra madre. De una cosa que tenemos aquí en la cabeza, y que en medicina se llama la pía madre y la dura madre.

Curro: ¡Claro, señora! ¡Usté no tie ná que vé con er serebro! ¡Usté de serebro no tie ná!

Facundo: *(A Curro, dándole la mano)* ¡En eso, estamos conformes, Curro!

Luis: Pues bien. Una vez examinado el enfermo, voy a decir a ustedes la impresión que he sacado de tal examen. *(Llevando a Casilda a un lado)* ¿Hace usted el favor?

Casilda: ¿Qué quier?

Curro: ¡Ahí viene la güena! ¡Repara qué cara pone tu mujé!

Facundo: ¡Oye, que i diga que necesito comer mucho!

Luis: *(Aparte con Casilda)* Tengo que decirla a usted algo que no debe oír su marido.

Casilda: ¡Ay, no me asuste! ¿Ye algo malo?

Luis: Según, según. Su marido padece una enfermedad bastante grave. Reuma articular con tendencia a la pericarditis y aneurisma neumocócico fulsiforme.

Casilda: Y eso tan raro, ¿qué ye?

Luis: Una grave afección en las extremidades, que puede tener complicaciones con el corazón. Si vuelve a repetirle el ataque, no respondo de su vida.

Casilda: ¡Ay! Pero eso, ¿ye verdá? ¡Ay, probe Facundo! ¿Y no hay remediu pa eso?

Luis: Sí señora. Lo hay, lo hay, pero no sé si usted estará conforme con ese remedio.

Casilda: ¡Lo que sea, lo que sea! No faltaba más. ¡Tó antes que perdélu pa siempre! ¡Con lo enamorada que estoy yo del mi hombre! ¿Qué hay que hacer?

Luis: ¿Usted está conforme con que yo le aplique el remedio, sea el que sea?

Casilda: *(Dudando)* ¡Home yo…!

Luis: ¡Sin dudar, sin dudar! ¿Sí o no?

Casilda: Bueno; pues sí. Estoy conforme. Con tal de velu buenu y sanu, estoy conforme.

Luis: Bien, pues déjeme a mí. *(Volviéndose a los demás)* Bueno, amigo Facundo. Una vez obtenido el permiso de su mujer, voy a proceder a su curación por el método más moderno.

Facundo: ¡Home sí! A ver si me cura, y me dan algo de comer, que tengo el estómago como la cara de una vieya.

Casilda: ¿No tomaste ya el ponche?

Facundo: ¿Y qué ye un ponche pa mí?

Curro: ¡Un vermú!

Luis: Tiene razón. Hay que darle alimento. Por de pronto, puede cenar una sopa con dos huevos, un lenguado, un buen filete con sus patatas correspondientes, dos plátanos y algo de mermelada.

Facundo: ¿Y café, eh? ¡Café también!

Luis: Café también, pero con leche. Nada de café solo.

Curro: ¿Y un sigarrillo, no?

Facundo: ¡No; déjame de cigarrillos! ¡Un puru, un puru !

Casilda: Pero, ¿va a cenar tó eso?

Maruja: ¿No está oyendo que sí? ¡Ye régimen!

Facundo: (¡Ye régimen pa engordar!)

Tomás: *(A Curro)* ¡Qué ganes tengo de ponéme enfelmu!

Curro: ¡Cállate, niño, que parese una campana rota!

Casilda: Bueno; cenará eso, pero paezme mucho.

Luis: No es mucho, señora; no es mucho. La enfermedad de su marido es de una gran consunción. Consume mucho. Es como una caldera, y hay que darle carbón.

Facundo: ¡Pues venga galleta, venga galleta!

Luis: Y ahora viene la parte más importante. Mis métodos curativos son, como he dicho antes, modernísimos. Vamos a ver; ¿en qué lugar y en qué condiciones se encontraba este hombre en el momento de darle el ataque? ¿En el teatro, oyendo flamenco? Pues bien; para curarse radicalmente, es necesario que su organismo vuelva a recibir la misma impresión que tenía antes de darle el primer ataque. *(Categórico)* ¡Este hombre tiene que volver a oír flamenco!

Casilda: ¿Eh? ¡Eso sí que no!

Luis: *(Severo)* Tiene que volver a oír flamenco, o no respondo de las consecuencias.

Casilda: Pero, si ye que…

Luis: ¡Nada, nada! ¡Es mi última palabra!

Curro: Pos no hay má que hablá. ¡Oirá flamenco!

Casilda: Pero ye que yo digo…

Maruja: No diga nada, madre; no diga nada.

Facundo: Nada, Casilda; nada. Tengo que oír flamenco, o voy pal floreru. Tú verás. Si no oigo flamenco, quedeste viuda. ¡Escoge!

Casilda: *(Con pánico)* ¿Quedar viuda?... ¡Ay; eso no, no! ¡Que oiga lo que quiera! *(A Maruja)* Anda tú, pon la radio a ver si hay algo.

Luis: No, nada de radio. Tiene que oír flamenco en su propia salsa. No solo debe trabajar el cerebro en la curación, sino también el oído y la vista.

Facundo: ¡Claro; la vista ye la que trabaja!

Casilda: Pero, ¡eso no puede ser! Si está enfermu, ¿cómo va a salir a la calle?

Luis: No hace falta que salga. Se lo traemos aquí.

Casilda: ¿Eh? ¡Eso sí que no!

Maruja: Pero, ¡madre!

Casilda: ¡No, no y no!

Curro: ¡Pero Casilda! ¡Si no hay má remedio!

Casilda: *(Con terquedad)* ¡Que no, que no, y que no!

Luis: Muy bien. Entonces usted será responsable de lo que ocurra.

Facundo: *(Rabioso)* ¡Ná, ná! ¡Dejáila, dejáila! No necesito nada, no quiero nada. Que muera yo... ¡Qué más da!... Que se quede viuda, pa presumir vestía de luto... ¡Qué más da!... Que se quede viuda... ¡Qué más quier ella!... ¡Si lo está deseando!...

Casilda: ¿Yo? ¡Ay, qué levantu!

Facundo: ¡Tú, tú! Paez que no tienes interés en que viva. En cambio, a mí, no me da más morir. No lo siento por mí. Después de muertu... la cebada al otru lao. ¡Cuatro tables, un nichu, y alguna que otra flor! Si me muero, ya sé lo que me va a decir: "Adiós, Facundo, que te vas al otru mundo." Ya te digo que no lo siento por mí. *(Muy compungido)* Siéntolo por estos rapazos, que van a quedar muy tristes cuando no me vean en casa a les hores de cenar. *(A Tomás, que se acerca a él muy triste)* ¡Por ésti, por ésti! ¿Cómo va a estar sin que yo i dé perres los domingos, y sin tomái el pelo de vez en cuando?

Tomás: *(Llorando)* ¡No padle, no! Usté no muele, no muele!

Facundo: ¡Calla, que me equivoques! *(Por Maruja, que se acerca también)* Y tú, Marujina. ¡Ven; ven acá, pichona! Ven, y abraza a tu padre, que va a morir por culpa de tu madre, sin que tu padre pueda conseguir de tu madre que no te quedes sin padre, porque no quier tu madre.

Maruja: *(Llorando)* ¡Ay, padre, qué coses tien mi madre!

Curro: *(Afligido)* ¡Compáre! ¡Se me sarta er corasón!

Luis: *(Conciliador)* Vamos, Vamos. No se pongan así. Su mujer entrará en razones, y comprenderá las cosas. *(A Casilda)* ¿Verdad?

Casilda: *(Rabiosa)* ¿Cómo no voy a comprender; cómo no voy a comprender? Pero, si ye que… si ye que… *(En un arranque se dirige a Facundo, y le dice llorando a lágrima viva)* ¡Ay! ¡Ay, Facundo del alma! ¡Haz lo que quieras! ¡Que venga el flamenco, trae, aunque sean, cuarenta guitarres, pero no me dejes, no te me mueras, porque te quiero mucho!

Curro: *(Entusiasmado)* ¡Olé! ¡Así debe sé! ¡Er corasón ante tó!

Facundo: *(Conmovido)* ¡Gracies, Casilda; gracies! ¡Ya sabía yo que no me ibes a dejar morir como a un foxterrier! *(A Curro)* ¡Curro, vete por el cantador!

Curro: *(Haciendo mutis)* ¡En un sarto! ¿Me traigo también er tocaó?

Casilda: Traiga tó lo que quiera. El tocador, el lavabo y la mesita. ¡To lo que quiera, tó lo que quiera!

Curro: ¡Güervo enseguía! *(Mutis)*

Escena Octava
Casilda, Maruja, Luis, Facundo y Tomás

Luis: Muy bien. ¡Así, así!

Casilda: Antes que velu cadáver, consiéntolo tó. Bastante trabayu me cuesta pasar por esto, pero si no hay más remediu, harélo.

Maruja: ¡Claro, madre, claro! ¿No ve qué fácil ye hacer bien les coses?

Tomás: ¡Clalo magdle, clalo! ¿No ve qué fácil ye hacel les coses bien?

Casilda: Sí, sí. Tenéis razón, tenéis razón.

Maruja: ¿Verdá?

Tomás: ¿Veldá?

Maruja: *(A Tomás)* Oye tú, ¿yes de repetición?

Tomás: ¿Pol qué?

Maruja: Porque dices todo lo que digo yo.

Tomás: ¡Selá casualilá!

Luis: (*A Casilda*) Pues ya verá usted como mis pronósticos se confirman. Mi método curativo es infalible. En cuanto oiga la guitarra será otro hombre.

Facundo: ¡Rejuvenezco! Seguro que rejuvenezco.

Casilda: Y con eso, ¿ya queda curáu pa siempre?

Luis: Ya veremos. Tendrá que seguir el mismo procedimiento unos cuantos días. Además, yo vendré a verle con frecuencia, y si es preciso le pondremos una enfermera para cuidarle. Por más que no necesitamos enfermera, estando aquí su hija. ¡Me sirve, me sirve!

Facundo: (¿No te va a servir? ¡Si será ladrón!)

Maruja: ¡Eso, eso! Muy bien… Yo seré la enfermera.

Tomás: Y yo, el enfelmelu.

Facundo: Tú no. ¡Yes muy burru! Si te manden ponéme una inyección, dasme una purga. *(Suena el timbre dentro)*

Maruja: Ya están ahí. *(Mutis)*

Facundo: ¡Llegó la medicina!

Luis: Verá usted que resultado más formidable.

Casilda: ¡A ver si acierta!

Tomás: ¡Vaya un lío más tlemendu!

Escena Novena
Dichos y Curro. Joselito y Fermín

Llegan de la calle Curro, Joselito y Fermín. Joselito, hermano de Luis, es el famoso cantador de flamenco de que ya hemos hablado antes. Fermín es el guitarrista, como se puede apreciar por la 'sonanta' que trae al brazo.

Curro: *(Entrando)* ¡Ya llegó la Sinfónica!

Joselito: *(Ídem)* ¡Buenas noches!

Fermín: *(Ídem)* ¡Felices!

Casilda: *(Viendo a Joselito)* ¿Eh? ¿Pero a quién me traéis? ¿A ési? ¿A ési? ¿Al hermanu de...? ¡Ay no! ¡No, no, y no!

Facundo: ¿Pero otra vez, Casilda? ¡Siempre estás de nones!

Casilda: Pero, ¿cómo no voy a estar, si me traéis a ési?

Luis: ¿A quién?

Casilda: ¡Al hermanu de... de... ési... que...

Curro: Eso no tié importansia.

Joselito: Perdone usted, pero yo vengo aquí en calidad de medicina.

Luis: Claro, como si fuera un frasco.

Facundo: *(A Curro)* Y, ¿por qué no vien de 'esmoking'?

Curro: ¿Pa qué, compáre?

Facundo: Porque si ye un frascu, debe traer etiqueta.

Casilda: ¿En calidá de frascu, eh? Yo creo que vien en calidá de frescu.

Facundo: ¡Casilda, qué hay visita!

Casilda: *(Por Fermín)* Y esi otru, ¿quién ye?

Fermín: Yo soy el tocador.

Casilda: ¿Tan pequeñu? ¡Será un taburete!

Luis: Bueno, no perdamos el tiempo. Vamos a empezar la curación.

86

Facundo: *(A Fermín)* A ver, tú, destapa el frascu.

Curro: ¡Esensia de rosa va a salí de ahí!

Joselito: *(A Facundo)* ¿Que prefiere usted? Guajiras[1], fandanguillos, soleares, seguidillas, o milongas, colombianas y bulerías?

Facundo: ¡Lo que quieras, lo que quieras! Primero unes gotines de guajiras[2], y luego una cucharada de fandanguillos[3].

Curro: ¡Hay que acabá er medicamento!

Facundo: ¡No dejo ni gota!

Luis: *(A Casilda)* Ya se convencerá usted de que éste es un gran procedimiento.

Casilda: *(Que ya no puede más)* Bueno, bueno, pero que acabe pronto, porque ya estoy que salto.

Tomás: *(Aparte a Maruja)* Pelo oye tú, ¿qué lío ye ésti?

Maruja: ¿No te mandaron oír, ver y callar?

Tomás: Sí.

Maruja: Pues ya lo sabes.

Tomás: ¡Pelo si lesulta que esi ye Joselito, el helmanu de Luis, y si se entela mi magdle de que el médicu y la medicina son helmanos, va a havel aquí una catástlofe!

Maruja: Tú no te preocupes. Todo se arreglará.

Fermín: *(Después de afinar)* Bueno, ya está. Cuando quieras, José.

Joselito: ¡Vamos allá!

---

[1] Fandangos
[2] fandanguillo
[3] colombianas

Luis: Un momento. Antes de comenzar, he de recomendar al enfermo que se aísle por completo de todo lo que le rodea. En una palabra, debe reconcentrarse, de tal manera que se figure se encuentra en el teatro, tal y como estaba el día que le dio el primer ataque.

Facundo: Está bien. Comprendido. Maruja, ven pa acá. Siéntate aquí al mi lao, como si estuviéramos en la butaca. *(Maruja obedece)* ¡Hala, que va a empezar! ¡Aplaude! *(Aplauden los dos, tal como se hace en el teatro, o sea acompasadamente)* ¡Plan, plan, plan!

Tomás: *(Metiendo baza)* ¿Aplaudo yo también?

Casilda: *(Que estará alejada del grupo, y muy seria, le dice a su hijo)* ¡Tomás!

Tomás: ¡Mande!

Casilda: ¡Tu aquí conmigo!

Tomás: Pelo…

Casilda: ¡No hay pero que valga! Siéntate aquí, porque ya me voy yo cansando, y como tu padre no se cure, a esi dotór Cañavera rómpolu por la mitá y hago con él una escoba.

Curro: ¡Chist! Un poco de silensio, que va a da comienso er tratamiento. *(Joselito canta un fandanguillo. Todos, menos Casilda, interrumpen de vez en cuando con algunos ¡olé! y jaleándole. Casilda permanece seria, como un poste, indicando a las claras que aquello no le gusta. Después de terminar Joselito)* ¡Mu bien, José, muy bien! ¡Eso está güeno!

Luis: *(A Facundo)* ¿Qué? ¿Hay alivio?

Facundo: Por ahora no siento ná.

Luis: *(Dándose cuenta de la actitud de Casilda)* Es que no está usted en situación. Tenemos que ayudarle. *(A Casilda)* ¡Señora, tiene usted que jalear!

Casilda: ¿Que, qué?

Luis: Que tiene usted que decir ¡olé! de vez en cuando.

Casilda: ¿Yo? ¿Pa qué?

Luis: Para que su marido se reconcentre.

Casilda: ¡Home, déjeme en paz!

Facundo: ¡Anda Casilda, anda! ¡Jalea y olea! ¿Qué más te da? ¡Hazlo por mí, Casilda, hazlo por mí!

Casilda: Bueno; está bien. ¡Tendremos paciencia!

Facundo: ¡Daime otra cucharada que me siento peor!

Joselito: ¡Allá va! ¡Canela fina!

Curro: ¡Olé!

Luis: ¡Vamos a jalearle!

Maruja: *(Aparte a Luis)* No abuses tú, ¡qué te van a calar!

Luis: No tengas miedo. *(Joselito canta otra cosa cualquiera. Unas colombianas, una guajira... lo que quiera. Mientras canta, los demás siguen jaleando)*

Facundo: ¡Olé!

Curro: ¡Olé!

Luis: ¡Olé!

Casilda: *(Como si dijera 'Buenos días')* ¡Olé!

Curro: ¡Asín se canta, niño, asín se canta! ¡Esensia pura!

Facundo: *(Por el tocador)* ¡Manitas de plata!

Casilda: *(Lo mismo que antes)* ¡Olé!

Tomás: *(Por detrás de su madre, se acerca al grupo y dice)* ¡Olé! ¡Viva tu magdle!

Casilda: *(Dándole un grito)* ¡Tomás!

Tomás: ¡Mande!

Casilda: ¡Aquí!

Tomás: ¡Contla! ¡Déjeme oílo de celca!

Casilda: ¡Aquí te digo! *(Tomás, muy enfadado, vuelve a sentarse)*

Luis: *(A Facundo)* ¿Qué? ¿Cómo va eso?

Facundo: Paez que me siento mejor. ¡Mirai, mirai, esta pierna ya la muevo! ¡Casilda, Casilda!

Casilda: ¿Qué?

Facundo: ¡Mira, mira! ¡Ya muevo el remu derechu!

Casilda: *(Admirada)* ¡Ay, ye verdá!

Luis: ¿Ve usted, ve usted? Ni método no falla.

Curro: ¡No pué fallá, no pué fallá!

Casilda: ¿Por lo visto ye verdá?

Facundo: ¡Claro, Casilda, claro! ¿No lo ves? Andai, daime otro poco, a ver si remo con los dos.

Maruja: *(Aparte a Luis)* (¡Yo voy a reventar de risa!)

Luis: ¡Calla, que ya estamos terminando!

Joselito: ¿Vamos con otra?

Facundo: ¡Venga, venga! ¡A ver si acabo el frascu! *(Joselito canta otra copla, poco a poco la cara de Casilda cambia de expresión. Sus olés son ya más alegres y, con la silla, se va acercando al grupo. Tomás la sigue.)*

Todos: ¡Olé!

Casilda: *(Más alegre, pero sin exageración)* ¡Olé!

Curro: ¡Viva la grasia der cante!

Facundo: ¡Viva el cante de la gracia!

Casilda: ¡Olé! *(Luis está hablando aparte con Maruja, y Curro, que lo observa, discurre otro truco. Una vez terminado el cante, Curro se acerca a Casilda y le dice)*

Curro: Ascuche usté, Casirda.

Casilda: ¿Qué quier?

Curro: *(Señalando a Maruja y a Luis)* Arrepare en aquella pareja, ¿se fija?

Casilda: Sí.

Curro: Bien. Pos de ahí tié que salí la felisiá de tós ustedes.

Casilda: ¡No lu entiendo!

Curro: ¿No sá dao cuenta de que er doctó está majareta perdío por su niña?

Casilda: No, no me di cuenta.

Curro: Pos fíjese como le brillan los 'clisos'. ¿Sabe usté er dinero que tié er doctó?

Casilda: No. ¿Tien perres?

Curro: ¡Má de sien mir duro que tie que heredá!

Casilda: ¿Y gustai la mi fía?

Curro: ¿Que si le gusta? ¡Má que si fuera armíba!

Casilda: Pues mire, a mí tampoco me desagrada. Así como así, estoy más conforme con esi que con el hermanu de Joselito.

Curro: ¿Con quién? ¿Con Luí?

Casilda: ¡Sí home, sí! Según dicen ye un golfo terrible y un gastizu. ¡El día que lu pille cerca, va a oíme!

Curro: ¡Quién sabe, quién sabe! ¡Tó pue susedé! Por lo pronto hay que alentá er cariño der doctó y de su hija. ¡Que venga aquí a diario!

Casilda: Bueno, por mí que venga.

91

Curro: Y lo otro, ya lo arreglaré yo.

Casilda: ¡Gracies, Curro!

Curro: ¡De ná, Casirda! ¡Ante de vé a su niña desgra-siá con Luí, la caso con er doctó! *(Se separa de Casilda, y se dirige a Facundo, diciendo)* ¡Tó arre-glao!

Facundo: ¿Eh?

Curro: ¡Tó arreglao! ¡Pa mayo, er matrimonio!

Facundo: Pero, ¿qué dices?

Curro: ¡Que tu mujé ya dao su conformiá pa la boda!

Facundo: ¿Eh? ¿Ye verdá? ¡Qué grande yes, Curro! ¡Cuánto te debo!

Curro: ¡Ná home, ná! ¡Con mir peseta, me conformo! A ti te hago er favó a presio de fábrica.

Facundo: ¿Mil pesetes?

Curro: ¡Compáre! ¡Arrepara que he tenío que traé er médico, er cantaó y er tocaó. Una juerga com-pleta. Si te la cobra Cantarero, te arruina. *(Si-guen hablando en voz baja)*

Casilda: *(Alto)* ¡Maruja!

Maruja: ¿Qué?

Casilda: ¡Oye un momento!

Maruja: *(Acercándose)* ¿Qué quier?

Casilda: *(En voz baja)* A ver si pones buena cara al médicu, que me dijo Curro que está por ti, y que tien cerca de cien mil duros. A enganchar a ési, y a dejar al otru. ¿Estamos?

Maruja: ¡Pero, madre…

Casilda: ¡Nada, nada! ¡Lo que digo!

Maruja: Está bien, está bien. Pero mire… *(Sigue hablando en voz baja)*

92

Luis: *(Aparte a Curro)* Oye tú, ¿qué lío me has armado ahí de cien mil duros y de una herencia, que me ha dicho Maruja?

Curro: ¡Chist! ¡Cállate, por tu mare! ¡Les he largao un cuento de Calleja, y se lo han creío!

Luis: Pero si yo no tengo ninguna tía rica.

Curro: ¡Pero vá a tené un suegro con dinero, so primo! ¡Hay que sé vivo en er mundo!

Facundo: Oiga, 'doztor', ¿tomo más medicina?

Luis: La última cucharada. Mañana seguiremos con lo mismo. *(A Casilda)* ¿Verdad?

Casilda: *(Deshecha en mieles)* ¡Lo que usté quiera, lo que usté quiera!

Tomás: Oiga, magdle. Cuando yo me ponga malu, hay que avisar a esti médicu, ¿eh?

Casilda: No te preocupes. Seguramente lu tendremos en casa tós los días.

Tomás: Pero, ¿va a quedáse a vivil aquí?

Casilda: ¡Va a quedáse a lo que a ti no te importa! ¡Bah, bah, con el preguntón!

Facundo: ¡Mirai, mirai! Ya muevo les piernes. Y ya me tengo de pie. *(Lo hace)* Si me apuráis un poco, ¡bailo y tó!

Joselito: Pues venga de ahí. *(Al tocador)* ¡Tú, unas bulerías!

Facundo: ¡Vengan, vengan!

Curro: ¡Un momento, niño! Ya que la cosa ha salío bien, y que er pasiente se va curando poco a poco, yo me atrevo a proponé que, er primer día que sarga a la calle completamente curao, tenemo que selebrá una juerga y, pa eso, ná mejor que dirnos tós a comer ar campo.

Facundo: ¡Home, eso está bien! ¿Quién convida?

Curro: ¿Quién? ¡Tú, arma mía, tú!

Facundo: Pero oye, ¿crees que soy el Banco España?

Curro: ¡Ná home, ná! ¡Hay que orsequiá ar doctó! ¿Verdá, Casirda?

Casilda: Por mí no hay inconveniente. *(A Luis)* ¿Pa cuándo cree usté que estará curáu?

Luis: Pues… para el domingo.

Curro: Pos ya lo sabéis ustedes, er domingo tó er mundo ar banquete, que paga Facundo. ¡Ya elegiré yo er menú!

Facundo: ¡Ésti échame a pedir! ¡Ye el amu, el amu!

Curro: Y ahora vengan bulerías, polos, seguirillas, y peteneras pa completar la curasión. ¡Venga de ahí, niño! *(Fermín y Joselito se arrancan por bulerías, que canta el segundo. De pronto, Facundo se lanza al centro de la escena, bailando con mucha gracia, y, bailando, bailando, se acerca a Casilda y la invita. Casilda se hace de rogar, pero por fin se lanza también bailando grotescamente. Por su parte, Curro y Tomás bailan uno frente a otro, mientras Maruja, Luis y Joselito los jalean y les hacen palmas. Y, en medio de la alegría general, cae el)*

TELÓN

GUDARROPÍA PARA ESTA OBRA

- Muebles para un comedor completo. (Mesa, aparador o trinchero, sillas adecuadas, etc.)
- Cuadros de comedor (bodegones, estampas)
- Visillos para balcón.
- Una mesita pequeña, y sobre ella una lámpara eléctrica que funciona.
- Otra mesa pequeña y sobre ella un aparato de radio que funciona.
- Tazas, platos, fruteros con frutas, jarras, etc. para colocar sobre el aparador. Figuras y adornos de comedor.
- Un tapete (para mesa de comedor)
- Una manta.
- Un paquete figurando contiene ropa (recién comprada en la tienda o sea el paquete bien envuelto)
- Una copa de jerez (con jerez) y un platillo para ella.
- Un ponche en un vaso o copa (ponche de leche)
- Un cenicero.
- Un programa de teatro.
- Timbre de la puerta (funciona fuera de escena)
- Campanadas de un reloj (funciona fuera de escena)
- Lámpara central de comedor.

NOTA IMPORTANTE:
   No puede prescindirse de ninguno de estos objetos.

OBRAS DE MANOLO LLANEZA

Un caseru aprovechau	Juguete cómico, dos actos
¡Qué tiempos aquellos!	Entremés
El neñu	Juguete cómico en dos actos
La melena	Juguete cómico en un acto
Coses de rapazos	Diálogo
¡Un playu!	Diálogo
¡Horror, terror, furor!	Inocentada
Yo soy aficionáu	Monólogo
¡Los playos somos así!,	Sainete
El castillo encantado	Comedia
El santu de la maestra	Sainete en dos actos, música de
o Los matrimonios	Luis Llaneza.
Nati la Camarera	Sainete en dos actos, música de
	Nicolás Solar Quintes
Quiero ser cupletera	Juguete cómico en un acto, música de Solar Quintes
Rodolfo Valentino	Apropósito en un acto, música de Solar Quintes
¿Borrachu yo?	Monólogo
Miguelito Tarambana	Revista en tres actos, en colaboración con Pepe Sala, música de Norberto Royo
Un directo a la mandíbula	Juguete cómico en dos actos, música de Marcelino Rubiera
La vida manda	Comedia en tres actos
"Miss Gijón"	Juguete cómico en un acto
¡Divórciate Catalina!	Comedia en tres actos con un número musical de Francisco Ortega
Cena americana	Disparate en dos actos en colaboración con Alfonso González
¿Está bien claro?	Juguete cómico en un acto
Un drama en el siglo XIII	Inocentada radiofónica
El violín mágico	Cuento radiofónico
Una escuela en 1900	Cuento radiofónico
"Se alquila amueblado"	Juguete cómico en un acto
Flamenquerías	Juguete cómico en tres actos

EN PREPARACIÓN

La alcaldesa de Gijón   Opereta bufa en dos acto y en verso, música de Francisco Ortega.

La paz de la aldea   Farsa cómica en dos actos

Morfina   Comedia en tres actos